南北朝異聞

碧鏡

みどりのかがみ

〜野田氏三代記〜

のだしさんだいのしるし

著者 河合保弘

はじめに

本作品は、『カイザリンＳＡＫＵＲＡ～最後の女性天皇を巡るファンタジー～』『日本人最後のファンタジスタ～非暴力・非服従の人・笹川良一物語～』に続く、歴史小説シリーズの三作目となります。

これまでの二作品は、主人公が女性天皇や民間人でしたので、いわゆる時代劇らしい戦闘シーンなどは皆無でしたが、本作品の舞台は南北朝時代ですから、天皇家が二つに分かれてしまったため、必然的に人と人とが相争い、命を懸けて戦うことが日常という世界です。

しかし、本作品のテーマは、一般的な歴史を描いた戦記小説のように、戦いの様子や勝ち負けを描くことや、一方の立場に立って善悪の対立構造として捉えることを避け、武力の大小や戦略の巧拙などだけで勝敗を決するのではなく、人と人との和をもって両朝の統合を図ろうとした数少ない人たちを主人公としながら、それでも戦うことを余儀なくされてゆく多くの人たちの苦しみや悲しみ、そして平和への願いを描くことに主眼を置いてみました。

現実には南北朝に分かれてから最終的に統合されるまでには約六十年、まさに当時の日本人の平均寿命を超える年数がかかっており、その生涯を戦いの日々の中で終わってしまった人たちも多かったのです。

本作品は、同じ堺という町で若き日を過ごした、野田家、二条家、そして菊池家という、それぞれの置かれた立場や周囲の環境が異なる一族に属する六人の若者たちが、激動する時代の流れを超えての強い友情で結ばれ、六十年余の歳月をかけて南北両朝の平和的統合という、実現困難な大きな目標に向かう物語です。

主人公である野田正孝は、大阪府堺市に実在した野田城という小さな城を拠点にしていた南朝側の立場に立つ一族であり、正孝の想い人である二条碧音（あおね）は、後醍醐天皇までの歴史を記した『増鏡（ますかがみ）』という書物の著者であると伝えられている北朝側の公家・二条良基の妹で、増鏡の続編となる『碧鏡』、すなわち本作品そのものの著者でもあるという設定にしています。

彼らは、実在の人物の弟や妹ということになっている架空の人物ではありますが、彼らをして南北に引き裂かれた恋人や兄弟、家族などの悲しみを表現してみようと考えました。

一方で、南北朝時代は、先の見えない戦闘の中で庶民が強く逞しく生き抜くための知恵を鍛え上げた時代でもありました。

主人公たちが若き日を共に過ごした堺の町は、古来より刀剣や武具の生産地であり、また堺港を通じた世界各地との貿易の窓口でもあり、後年には商人たちが管理し、文化が花開く自治都市として独自の地位を築き上げることになるのですが、その端緒が南北朝時代にあるのではないかと考えており、現在も続く堺名物・くるみ餅を製造する『かん袋』の創業者である和泉屋徳兵衛という実在の商人を介して、堺市民の力強い姿も反映しています。

また、本作品では、人形浄瑠璃・文楽に対するオマージュとしまして、有名な『仮名手本忠臣蔵』から引用したエピソードをストーリーの一部に取り込んで、娯楽性を持たせるという試みも行ってみました。

残念ながら、主人公らの悲願であった南北朝統合の後、束の間の平和はあったにしても、程なく再び戦乱の時代が始まってしまい、応仁の乱を経て戦国時代に突入、徳川家康の登場に至るまで平和な時代は訪れることはなく、ここにも世の無常を感じるものです。

本作品は、思想的な部分や、特定の人物への思い入れなどを抜きにして、純粋にドラマとして楽しんでいただければ幸いです。

注記

一般的に天皇陛下の呼称に関しては、現在の天皇陛下を『今上陛下』とお呼びすることになっており、帝のご生存中に『後醍醐天皇』とか『光厳上皇』といった呼称を使うのは誤りとなるのですが、本作では天皇や上皇が複数存在されるという異常な時代であることを踏まえ、区別の必要があることから、敢えて『後醍醐の帝様』『光厳の上皇様』といった呼称を使っております。

他にも、実際には『将軍様』『関白様』などの役職名や官職名で呼ばれていた可能性のある人物に関しても、区別のために氏名で呼んでいる部分がありますので、併せてご了承ください。

目次

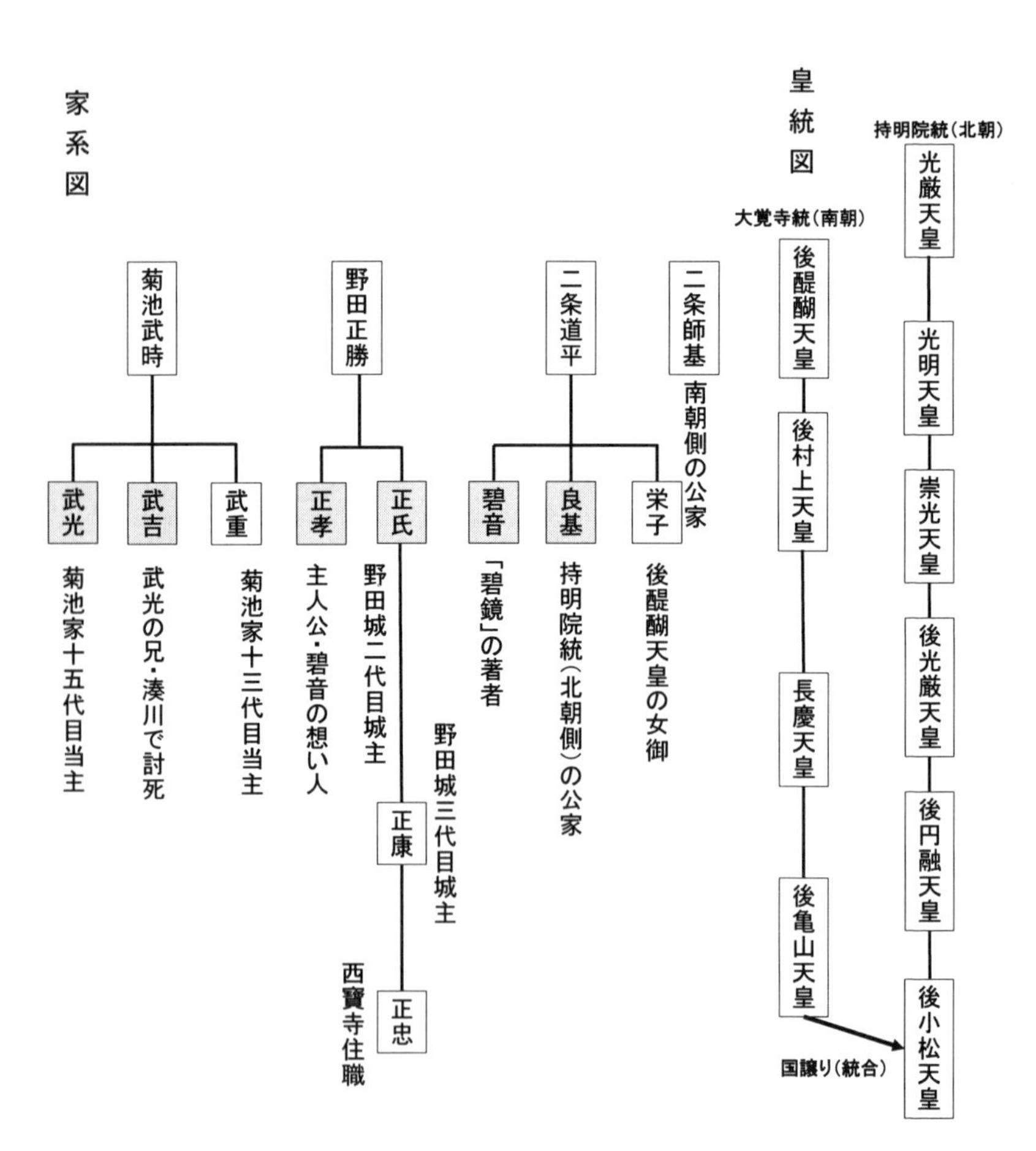
皇統図
持明院統（北朝）
光厳天皇
光明天皇
崇光天皇
後光厳天皇
後円融天皇
後小松天皇
大覚寺統（南朝）
後醍醐天皇
後村上天皇
長慶天皇
後亀山天皇
国譲り（統合）
二条師基
南朝側の公家
二条道平
栄子
後醍醐天皇の女御
良基
持明院統（北朝側）の公家
碧音
「碧鏡」の著者
野田正勝
正氏
野田城二代目城主
正康
野田城三代目城主
正忠
西寶寺住職
正孝
主人公・碧音の想い人
菊池武時
武重
菊池家十三代目当主
武吉
武光の兄・湊川で討死
武光
菊池家十五代目当主
家系図

人物関係図

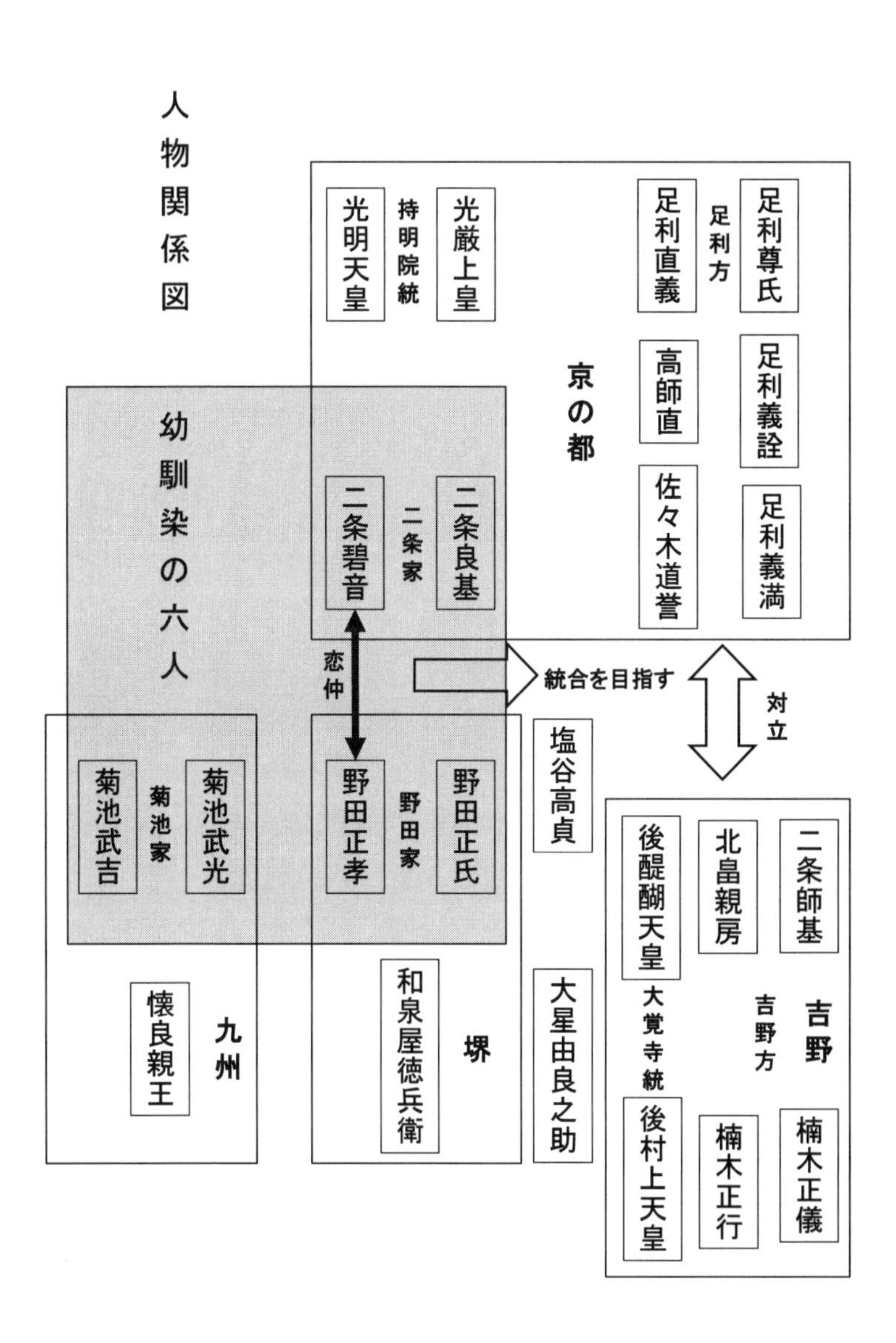
京の都
足利方
足利尊氏
足利直義
足利義詮
高師直
足利義満
佐々木道誉
持明院統
光厳上皇
光明天皇
幼馴染の六人
二条家
二条良基
二条碧音
恋仲
野田家
野田正氏
野田正孝
菊池家
菊池武光
菊池武吉
統合を目指す
対立
塩谷高貞
大星由良之助
堺
和泉屋徳兵衛
九州
懐良親王
吉野
吉野方
二条師基
北畠親房
大覚寺統
後醍醐天皇
後村上天皇
楠木正儀
楠木正行

～南北朝異聞～碧鏡・野田氏三代記　歴史年表

西暦年号	南朝年号	北朝年号	主な出来事
1318	文保２年		後醍醐天皇即位
1324	正中元年		正中の変、倒幕計画失敗、日野資朝失脚
1326	嘉歴元年		野田城築城
1329	元徳元年		和泉屋徳兵衛開業
1331	元徳３年	元弘元年	元弘の乱、後醍醐天皇京都脱出、光厳天皇即位
1332	正慶元年	元弘２年	後醍醐天皇隠岐に流刑
1333	正慶２年	元弘３年	建武の新政、光厳天皇廃位
1334	建武元年		護良親王鎌倉に配流
1335	建武２年		中先代の乱、護良親王死去
1336	延元元年	建武３年	光明天皇即位、後醍醐天皇比叡山に 湊川の合戦で楠木正成戦死、後醍醐天皇吉野へ
1338	延元３年	歴応元年	石津の戦いで北畠顕家戦死、足利尊氏将軍に
1339	延元４年	歴応２年	後醍醐天皇崩御、後村上天皇に譲位
1348	正平３年	貞和４年	四条畷の合戦で楠正行戦死、南朝は賀名生に
1350	正平５年	観応元年	観応の擾乱、足利直義決起
1351	正平６年	観応２年	正平の一統
1352	正平７年	文和元年	後光厳天皇即位、再び南北朝時代に
1353	正平８年	文和２年	楠木正儀が京を奪還
1354	正平９年	文和３年	北畠親房死去
1355	正平10年	文和４年	楠木正儀が二度目の京奪還
1358	正平13年	延文３年	足利尊氏死去、足利義詮が将軍に
1359	正平14年	延文４年	筑後川の戦い、菊池一族が九州統一
1360	正平15年	延文５年	野田城落城
1361	正平16年	康安元年	楠木正儀が三度目の京奪還
1368	正平23年	応安元年	足利義満が将軍に、長慶天皇即位
1369	正平24年	応安２年	楠木正儀が北朝に
1372	文中元年	応安５年	懐良親王が日本国王に
1373	文中２年	応安６年	高良山の戦い、菊池武光死去
1382	弘和２年	永徳２年	後小松天皇即位、楠木正儀が再び南朝に
1383	弘和３年	永徳３年	後亀山天皇即位
1388	元中５年	嘉応２年	二条良基、楠木正儀死去
1391	元中８年	明徳２年	野田正孝死去
1392	元中９年	明徳３年	明徳の和約、南北朝合一

大序「奇瑞の亀」

応永八年（一四〇一年）春の夕刻、室町幕府第三代将軍である足利義満は、後に金閣と呼ばれることになる北山殿で、満開の夜桜を背景として、世阿弥が演じる夢幻能を鑑賞していた。演じ終わった世阿弥を下座に呼び、義満が言う。

「世阿弥よ。ますますその芸に磨きがかかって参ったな」

「それも全て、我が父であった観阿弥を市井より見出し、楠木家の血筋であるにも関わらず、重用してくださいました上様のおかげでございます」

観阿弥の母は楠木正成の姉であり、本来であれば敵対する勢力の末裔なのだが、義満はそれを気にすることもなかったのだ。

満面の笑顔の義満が、世阿弥に、茶と小皿に入った餅菓子を薦める。

「世阿弥よ、この菓子は堺より早馬でもって取り寄せた、くるみ餅というものじゃ」

「これがくるみ餅でございますか。噂には聞いておりました」

義満は笑いながら言う。

「わしはこれが大好物で、堺の和泉屋には京の都にも店を出すよう命じたのだが、この味は堺の水でしか出せないので他所への出店は禁ずるとの初代和泉屋徳兵衛の遺言があると言いよって、断られたのじゃよ」

「さすがは堺の商人、上様の御言葉よりも、初代の遺言と菓子の味の方を優先されましたか」

「そのあたりは、世阿弥ら芸の道の者と同じのようじゃな」

「恐縮でございます。しかし私は上様のご意向に逆らえるような身分ではございません」

義満は上機嫌で言葉を続ける。

「初代和泉屋徳兵衛は、今は亡き二条良基卿とも親しくしておられ、わしも一目置かざるを得んのじゃよ」

「二条良基卿は、私に藤若という名を付けていただき、連歌など公家の教養作法一切を教えてくださいました」

「そうじゃの。良基卿は戦略知略や政にも優れ、さらに雅の世界にも通じ、また武家にも庶民などとも、そして当時は敵対していた勢力の方々なども、一切の区別なく優しく接しておられた、類稀なる公家であったな」

「今の私がありますのも、全て上様と亡き良基卿の御加護の賜物と存じております」

世阿弥は、一介の猿楽師であった父の観阿弥の芸を評価して引き上げてくれた義満将軍と、かつての関白でありながら、庶民に過ぎない世阿弥を差別することなく、様々な学問や情報を惜しまず教えてくれた二条良基への恩義を決して忘れることはなかったのである。

その時、義満の横に置いてある極彩色の装飾が為された浅い水槽の中で、大きな石亀がゆっくりと動き始めた。

「こちらがあの奇瑞の亀でございますか」

世阿弥の言葉に義満が答える。

「そうじゃ。この亀は、元々は初代和泉屋徳兵衛が元帝国から取り寄せた卵から生まれて、長い間、良基卿の妹君である碧音様が可愛がって育てておられた、亀屋という名の、七十年以上生きている亀だが、今は奇瑞の亀としてわしが育てさせていただいておる」

世阿弥が答える。

「碧音様でございますか。遠目でお姿を拝したことがございますが、実に美しい方でございましたな」

「碧音様は美貌ばかりではなく、素晴らしい教養も兼ね備えた方で、このような書物を遺しておられる」

そして義満は、手許に置いてあった何冊かの書物を差し出して世阿弥に見せた。

「これが、あの噂に高き碧鏡でございますか」

「そうじゃ。この書の中には、北と南とに分かれてしまった二つの朝廷の統合が成し遂げられるまでの、多くの先人たちの統合への強い想いが書き込まれておる。この書があったからこそ、今のわしがあると思っておるくらいじゃ」

世阿弥が言う。

「是非とも、この碧鏡を夢幻能の筋書きにも取り入れたく存じますので、お貸出し願えませんでしょうか？」

義満は、黙って首を縦に振っている。

そんな時、義満の側近である蜷川新右衛門が面会を求めてきた。新左衛門には気を許している義満が言う。

「新左衛門よ。またしても頓智でもって一休殿に一本取られたのか？」

義満が言う一休殿とは、後の世の人たちの誰もが知る『一休さん』こと、子ども時代の一休宗純のことであるが、御前に座した新右衛門は言う。

「本日は、そのような雑事ではございません。大明国の建文帝様より書状が届きました」

義満は身を乗り出して新右衛門に尋ねる。

「して、その内容は？」

「はい、上様のご希望通り、日本国王に封じると」

「そうか。これでようやく、我が国も世界と対等に交流することができるな」

暫くは感慨に耽っていた義満であるが、碧鏡を手に取っている世阿弥に対して言う。

「日本国王と言えば、その書に出て参られる懐良親王様が、わしの先代となるのだぞ」

既に碧鏡を完読している新右衛門が世阿弥に言う。

「その書に登場されます菊池武光様が九州を統一されました際、懐良親王様が大明国皇帝から日本国王の称号を得られておりまして、上様はその先例に倣われたということでございます」

義満が言う。

「その菊池武光殿は、実は二条良基卿とは深い縁があったのだ」

新右衛門が言葉を加える。

「さらにお二人の共通の友として、堺の野田正孝殿という方がおられまして、その方は二条碧音様の想い人でもあったということでございます」

そんな時、亀屋が浅い水槽から抜け出して、三人の間まで移動してきた。義満が言う。

「そうか、懐かしい人たちの名を聞いて、亀屋も一緒に話に入りたくなったのじゃな」

亀屋は、首を長く伸ばして義満の方を見つめているようだ。義満は言った。

「両朝の統合、後世の者たちは足利義満が成し遂げたと伝えるのであろうが、本当はこの義満は先人が六十年余にわたり築いてくださった道筋を真っ直ぐに歩んだだけに過ぎん。二条良基卿をはじめ、私の祖父の尊氏、父の義詮、そして吉野方と呼ばれていた人たちの中にも野田正孝殿をはじめとして、両朝の統合のために生涯を賭けた人物は多数おる。今宵は皆で碧鏡を読み、過ぎし日々と今は亡き偉人たちを、その歴史の生き証人でもある亀屋と共に偲び合おうではないか」

こうして、足利義満は世阿弥、蜷川新右衛門と共に、彼らがこの世に生まれてくる前の時代に想いを馳せるのであった。

今を盛りと咲き誇る満開の桜を背景にして義満が語る話を、亀屋もじっと耳を澄ませて聴いているようである。

二段目「追憶の日々」

場面一

舞台は元弘三年（一三三三年）春に遡る。まだ鎌倉幕府が存続し、建武の新政が実現する前の段階である。堺の町に住む商人である和泉屋徳兵衛のもとに、兄弟らしい三人の若者が訪ねてきた。長兄らしい、二十五歳くらいに見える、しっかりした感じの若者が徳兵衛に言う。

「和泉屋徳兵衛殿、私は肥後の国に住む菊池武重と申します。今は亡き父・武時が大変お世話になったとお聞きしております」

その言葉に徳兵衛は、つい先日、後に博多合戦と呼ばれるようになる戦で、鎌倉幕府側の鎮西探題を少人数で果敢に攻めた菊池家の当主・武時が、壮烈な戦死を遂げたという話を思い出した。

徳兵衛は、三年程前に和泉屋と名乗る餅屋を開業しているが、それは仮の姿であり、実は堺の武器商人や堺港での外国貿易などを取り仕切っていて、各地の有力な武家などとも交流のある大商人であり、九州肥後国を本拠地とする菊池一族とも以前から取引があって、武時とも何度か会っていたのである。武重が話を続ける。

「ご承知の通り、父は無念にも鎌倉方に討たれましたが、戦の前に、長男の私に今後の菊池家を任せるから戦場から帰れと命じられました。そこで徳兵衛殿にお願いがございます。私の次の代の菊池家を背負うべき弟の武吉と武光を、戦局が落ち着くまでの暫しの間で結構ですから、この堺に匿っていただきたいのです」

徳兵衛は、討幕を目指している楠木正成たちを支援している立場ではあるが、鎌倉方に対しても顔が利き、この堺の町を戦闘範囲から外すとの密約を交わしているので、ここが最も安全と武重が判断したのであろうと感じていた。

「分かりました。菊池はんたちの目的が達成されるまでの間、お二人の弟さんは私がお預かりします」

「かたじけない。それでは私は戦場に戻ることといたします」

こうして、当時は十五歳と十四歳であった菊池武吉・武光兄弟は、堺の和泉屋の屋敷で暮らすことになった。そして武吉と武光は、徳兵衛から同年代の少年と少女を紹介される。それが京の都から避難してきていた二条良基・碧音兄妹であった。

二条家は五摂家と呼ばれる藤原氏直系の身分の高い公家で、彼らの父の二条道平は後醍醐天皇のもとで関白を務めるなど、ずっと重臣として仕えていたが、後に元弘の乱と呼ばれるようになる鎌倉幕府との争いに敗れた後醍醐天皇が隠岐島に流された際に官職を解かれて京の都を追放された後、後継ぎである良基と碧音を、旧知の仲である堺の和泉屋に託していたのである。

初めて公家という人種に接した武吉と武光は、良基の穏やかながら知性と教養に溢れる雰囲気に圧倒されると共に、碧音の眩しいくらいの美貌に魅せられていた。そして徳兵衛は、彼らの四人の世話係ということで、さらに二人の少年たちを紹介する。

「こちらが近くにある野田城主・野田正勝様のご子息、正氏はんと正孝はんですわ」

菊池兄弟と野田兄弟は、年恰好も似ており、すぐに打ち解けたが、初めて会う公家である二条兄妹と馴染むにはどうしたらいいかと迷っている。しかし、二条碧音は、これまでに接したことのない無骨な少年たちと馴染むためか、一生懸命彼らに話し掛けていた。

「みんなで仲良くしましょ。みなさんは、碧音にとっては初めてできたお友達ですもの」

それからは、歳の近い六人は実の兄弟姉妹のように仲良く、一緒に遊ぶようになった。

ある日、和泉屋の裏口前に置いてある石臼を見て、野田正氏が菊池武吉に言っている。

「武吉、この石臼、持ち上げられるか？」

「こんくらい、たいしたことなか」

しかし、武吉は持ち上げることができない。それを見た正氏が、今度は自分が持ち上げようとするが、やはり上げることができなかった。二人の視線は、同じように二条碧音に向けられており、バツが悪そうにしている。

それを見て、菊池武光が野田正孝に囁いている。

「正孝、二人とも碧音様に格好よかところば見せようて思うたんやろうが、残念やったな」

「兄上も武吉殿も碧音様に気があるのか？」

「そんごたる。ばってん、碧音様は高根ん花やぞ」

「そうだな。二条家の御令嬢だからな」

「それでな、碧音様は、石臼ば持ち上ぐるがごたる力強か男が好きらしいって、嘘ば言うてやったんや」

「それで兄上たちは、訳の分からんことをしているのだな」

そこで碧音が話し始めた。

「武吉様、正氏様、そげな無理ばなさったらあきまへんえ」

碧音の言葉は、武吉たちと暮らすようになってから、少し変になっているようである。男子の中では一番若いが、一番しっかりしている二条良基が言う。

「石臼など持ち上げている場合ではありません。今日は、あの亀さんの引き取り手を決める日でありましたでしょう?」

あの亀さんとは、昨日の朝、和泉屋徳兵衛が元帝国から入手した卵から生まれたばかりの、奇瑞の亀という小さな亀のことである。徳兵衛によると、その亀は百年以上生き、やがて尾の方に藻のようなものが生えてきて、飼い主に生涯の幸福をもたらし続けてくれるらしい。

その話を聞いた六人は、誰が引き取るかを籤引きで決めようということになり、今日の午後に和泉屋に行くことになっている。

「あん亀は俺が貰うぞ」

武吉の言葉に、正氏が言い返す。

「いや、俺が貰う」

ここでも、良基が話をまとめる。

「公平に籤引きで決めることになったのですから、ここで言い合っても詮無いことでしょう」

碧音は、兄の横でクスクスと笑っている。すると、今度は正氏が、道端に置かれている大きな材木を指さして、武吉に言う。

「武吉、あの材木を持ち上げられるか？」

「持ち上げらるるに決まっとるばい」

武光と正孝は、不毛な争いをする兄たちを、笑いながら見守っている。

良基と碧音も、京の都での公家暮しでは絶対に出会えることはなかったであろう無骨な友たちの行動を楽しく見ているようである。

場面二

野田正氏・正孝、菊池武吉・武光、そして二条良基・碧音の六人は、和泉屋の屋敷に行って、桶の中で泳いでいる小さな亀を囲んでいる。徳兵衛が言う。

「この奇瑞の亀は、飼っている者に百年の幸運をもたらすと言われとります。ここに籤引きを用意しましたから、順番に引いておくなはれ。当たりは一枚だけでっせ」

こうして引かれた籤で、見事に亀を引き当てたのは菊池武吉であった。

「やったぜ！俺は運が強かけんな」

続けて武吉が言う。

「碧音様、この亀ば飼うんば、手伝うてくれんね？」

「もちろん、一緒に大切に育てましょうですたい」

碧音の変な言葉に、武吉は満足そうだが、正氏は不服でいっぱいのようである。ここでも良基が話をまとめた。

「この亀さんは奇瑞の亀、皆で一緒に可愛がって育てましょう。向こう百年、私たちは仲良くしていたいですね」

そこで正孝が言う。

「ところで、この亀に名前を付けないといけないと思うのだが、どんな名前がいいだろうか？」

武吉が言う。

「兄様の菊池武重にちなんで、亀重はどうやろう。」

正氏が茶化す。

「兄様の名前を亀に付けて、虐めてやろうと思っているのと違うのか？」

このように、各人から勝手な意見が出て、なかなか名前が決まらない。そこで、またまた良基が話をまとめた。

「では、和泉屋さんからいただいた亀さんですから、亀屋さんというのは如何でしょうか？」

菊池兄弟と野田兄弟は、碧音の顔色を見ているようだ。そして碧音が言う。

「亀屋さんどすか。とても可愛い名前と思いますばい」

こうして、碧音の一言で、この亀の名前は亀屋に決まり、亀屋は菊池武吉に飼われることになった。

その時、一羽の小さな白い鳩が飛んできて、亀屋の横にとまった。

「危なか！亀屋が食われてしまうぞ」

慌てる武吉に、正孝が言う。

「大丈夫。こいつは野田城で俺が飼っている正鳩という名の鳩だから。新しい亀の友達を見に来たんだろう」

正鳩は、正孝が差し出す手に移動し、大人しくとまっている。

数日後、和泉屋徳兵衛と会った二条良基が徳兵衛に言っている。

「徳兵衛殿、あの亀さん、私が調べた限り、普通の石亀のようですが、本当に奇瑞の亀なのでしょうか？」

徳兵衛は観念したように答えた。

「さすがは良基はんや。嘘は通じまへんな。あれは、話を盛り上げるための方便ですわ」

「でも石亀でも百年近くは生きることがあるらしいですから、やっぱり私たちの守り神として大切に育てます」

碧音は、横で兄の話を聞いて、ますます兄への尊敬の念を深めるのであった。

亀屋を皆で飼うようになってから暫く後のある日、菊池武光は野田正孝から相談を受けた。正孝は、少しもじもじした感じで言う。

「実は、碧音様から、二人だけで会いたいとの手紙が送られてきたのだ」

兄の正氏に比べると物静かで目立たない感じの正孝に、あの碧音から手紙が届くとは、武光にとって意外でしかなかったが、同じ歳の親友を応援したい気持ちで武光は言った。

「そうか、良かったじゃないか。やはり碧音様は正孝のような、体力よりも知力に優れた男が好みなのかも知れんな」

しかし、正孝は迷っているようであった。

「知力と言っても、碧音様の兄様と比べれば、たかが知れているさ」

「天下の二条家のお世継ぎ様と比べてどうする」

「それはそうだが。しかし、兄者二人を差し置いて、俺などが碧音様とお会いしても良いのであろうか?」

武光も、兄の武吉のことを考えて、少し迷ったが言う。

「気にするな。色恋沙汰に長幼の序は必要ないぞ」

こうして、正孝は碧音と二人で会うことを決意し、やがて想い人同士となったのである。

一三三三年七月、後醍醐天皇は遂に鎌倉幕府を滅ぼして、建武の新政と呼ばれる新しい世を作り出すことに成功した。そして二条良基・碧音兄妹は京の都に、菊池武吉・武光兄弟は肥後にと、それぞれ帰る日が近付いてきた。武吉が皆に言う。

「いよいよわしら兄弟も肥後ん国へ帰ることになったばってんが、この亀屋を連れ帰るかどうか迷うとる」

武光が言う。

「そうばいね。わしらはいつ戦場に駆り出されるか分からんけん、その間の亀屋の世話が心配ばい」

そこで正孝が言う。

「このまま堺に置いて行ってくれたら俺たちで世話はできるけど、碧音様が淋しく思われるよな」

「では、京の都に連れて行ってもらうか」

「正鳩が淋しがるかもしれんが、それは仕方ないか」

こうして、亀屋は碧音と共に京の都に行くことになった。

以後、亀屋はこの物語の最後、すなわち後に碧音が書き上げることになる歴史書・碧鏡が完結する日までの全てを碧音と共に見届け、さらに次の時代に至るまで、長く長く生き続けることになるのである。

その後、二条良基は後醍醐天皇のもとで父の道平と共に重用され、さらに姉の栄子が後醍醐天皇の女御となり、良基自身も従二位に叙せられるなど、建武政権の中枢を担う立場となった。

碧音は、後醍醐天皇によって廃位された前帝である光厳（こうごん）上皇に幼少時から可愛がられていたことから、上皇とその弟で後に光明天皇となる豊仁（ゆたひと）親王の世話係を仰せつかっていた。

菊池武吉と武光は肥後国に帰り、当主となっている兄の武重を助けて、小さな戦に出陣して武功を挙げるなど、武士としての立場を着々と築き上げていた。

そして野田正氏と正孝は、野田城主である父の正勝の教えを受けながら、将来の後継者となるための修業を積んでいた。

しかし、建武政権は一年も経たないうちに破綻への道を歩み始めてしまう。足利尊氏を中心とする東国の武家勢力が、後醍醐天皇と敵対し始めたのである。

劣勢に立たされた後醍醐天皇側は、大楠公こと楠木正成を最後の切り札として、湊川で決戦を行うことになった。

その頃、堺の野田城では、当主の正勝が家臣全員を集めての会議を招集していた。

「私はこの度、楠木正成様の軍に従うこととした」

臣下のざわめきを抑えて、正氏が言う。

「父上、それでは野田家全員で楠木軍に合流するのですね」

正勝は落ち着いて言う。

「いや、野田家から参戦するのは私一人だ。これを機に本日より当主の座を正氏に譲り、私は一人の武士として参戦することになる」

ここで正孝が尋ねる。

「如何に大楠公様の軍と言えど、今は多勢に無勢、果たして勝算はあるのでしょうか?」

正勝が答える。

「だからこそ、私一人で参戦するのだ。そのあたりのことは分かってくれ。正氏に正孝、後のことは頼んだぞ」

こうして野田正勝は楠木軍と共に湊川に出陣していった。

父の出陣を見送って帰宅した正氏・正孝兄弟は、菊池武吉の訪問を受ける。

「正氏、正孝、久しぶりだな」

「武吉、遠路遥々来てくれたのか」

「そうだ、別れを告げようと思ってな」

菊池武吉も、今般の楠木軍に参加するというのである。正孝は言う。

「武吉、お前にだから正直に言う。この戦、勝てないぞ」

「そげなこつは分かっとるばい。じゃがな、菊池家は大楠公様に大恩がある。一族の誰かが行かんといけんとなって、わしが手を挙げたという次第や」

父の正勝にも、菊池武吉にも、この戦の帰趨は見えているようだ。それを分かった上で正氏が言う。

「碧音様にはお会いしたのか？」

「残念ながら京の都は足利方の手に落ちて、今は手紙も届かんし、どうにもならん」

その数週間後、京の都では二条碧音が、放し飼いになっている亀屋の異変に気付いていた。普段は大人しい亀屋が、西の方向を向いて何度も大きな口を開けて、何か言いたげにしているのだ。

その亀屋の姿を見た碧音の心には、足利方の大軍を前にして果敢に戦う武吉の姿が映っていた。

「もしや、武吉様が・・・」

場面三

湊川の戦いでは、野田正勝も菊池武吉も、楠木正成と共に果敢に戦い、最後は正成に殉じて自害し、その短かった生涯を閉じた。

仲良しだった六人組は、早くも一人を欠くことになり、野田兄弟は父を失うことになってしまった。堺では、父の後を継いで野田城主となっている正氏が、弟の正孝と話している。

「父を失い、親友の武吉をも失った今、弔い合戦に討って出たい気持ちでいっぱいなのだが、正孝は止めるであろうな」

正孝は落ち着いて言う。

「残念ながら、もはや足利方勝利で大勢は決しております故、今より暫くは雌伏の時かと」

「そうだな。耐え難きを耐えるべき時か」

「京の都には良基がおりますから、必ずや良い策を講じてくれると思います」

その頃、二条良基は叔父である二条師基に呼び出されていた。

「良基よ、間もなく足利尊氏の軍勢が京の都に押し寄せてくるであろう」

「そのようでございますね」

「おそらく帝様は廃位されて追放になられることと思われるが、私や主だった公家衆は、帝様と行動を共にしようと考えておる」

「そうでございますか。それでは私も京の都を離れることになるのですね」

そう尋ねる良基に、師基は落ち着いて言う。

「いや、良基と碧音には、ここに残って上皇様と、次の帝様になられるであろう豊仁親王様の御傍にあって欲しいのじゃ」

聡明な良基は、叔父の考えを直ちに理解した。

「なるほど、私たちはそれぞれの場にあって、将来の統合を図ろうという策ですね」

「その通り。幸いにも碧音は上皇様に可愛がられておるし、足利軍が来たとしても身に危険が及ぶことはなかろうからな」

「それに、亡き父より仰せつかっております歴史書の完成も急がねばなりませんから、私も御所にある方が好都合です」

「では、互いに二条家の者の使命として、それぞれの帝様に尽くすことにしようぞ」

間もなく、京の都には大勢の足利軍が攻め入ってきて、後醍醐の帝は皇后や側室たち、そして二条師基をはじめとする側近の公家たちと共に、比叡山に逃れることになる。

その頃、菊池武光は、肥後国菊池にいて、兄である武吉の死を知るとともに、もう一人の兄であり、菊池家当主である武重が足利軍によって捕縛され、京の都で監禁されているとの報せを聞いた。今からでも都に攻め上って当主を奪還すべきと憤る家臣たちを抑えて、当主の代理の立場になった武光が言う。

「残念ながら、この度の戦は、もはや足利方勝利で大勢は決しておるから、菊池家としてこれ以上の犠牲を出すことは得策ではない。それ故、兄上の奪還は武ではなく智でもって行うべきと思う」

「智でございますか？」

家臣の問いに武光が答える。

「私は堺で野田正孝という、知略に溢れる友を得ているので、彼に協力を求めようと思っておる。皆の者、異議はないか？」

既に当主たる貫禄を得ている武光の言葉に異を唱える者はいなかった。そして武光は、朋友である堺の野田正孝に宛てて手紙を書いた。手紙を受け取った正孝は、和泉屋徳兵衛に相談し、まず和泉屋が京の都に向けて定期的に運んでいる荷物の番人として、正氏と共に都に潜入して、情報を集めることにした。そして、武重が都の郊外にある仮牢に収監されていることを突き止めたが、警備が厳しくて手が出せない。正氏が言う。

「正孝よ、ここは正面突破しかないと思うのだが」

「いえ兄上、ここで騒動を起こすのは得策ではないと思います。私に考えがありますので、お任せいただけますか？」

正孝の肩には、堺から連れてきた正鳩と名付けられている白い鳩がとまっている。

その頃、御所では足利軍が入京し、後醍醐の帝が比叡山に逃れた後、二条良基が足利尊氏と話していた。

尊氏は良基より十五年くらい年長だが、尊氏が良基の父の道平を尊敬していたことから、良基は尊氏からも一目置かれているのだ。

「良基卿、このような事態になって残念に思っておりますが、この際やはり豊仁親王様に御即位いただくしかないと考えるものであります」

良基は答える。

「帝様の御即位にあたっては、三種の神器を用いる必要がございますが、神器は比叡山に移ってしまいました」

「そうですか。それでは比叡山に和睦を勧める使者を送ることにしましょう」

不毛な戦を避け、円満な解決を望む気持ちは、尊氏にもあるようだ。

そして良基は、碧音にそのことを告げに向かった。そこで、碧音が飼っている亀屋の背中の上に、一羽の白い鳩がとまっていることに良基は気付く。見ると、碧音は輝くように晴れやかな顔をしている。

「碧音、その鳩は、まさか？」

「はい、野田正孝様が飼っておられる正鳩さんでございます」

「正孝の鳩が、どうしてここに？」

「正孝様が近くに来ておられるのだと思います」

そして良基は、その鳩の脚の部分に筒のようなものが付けられていることに気付いた。

「これは、もしかして。碧音、その筒を取ってみてくれ」

碧音は、鳩の脚に付けられた筒の中にある紙を取り出した。

「正孝様からの書状でございます」

正孝は、鳩の正鳩が、仲良しだった亀屋のもとに向かうであろうと考えて、脚に手紙を付けて放したようだ。良基は言う。

「いかに賢い鳩とは言え、堺から亀屋を探してここまで一羽で来れるとは思えんので、おそらく正孝は近くに来ているのであろうな」

そして良基も書状の内容を読んで、事情を知った。菊池武重救出のために京の都に来た正孝は、同行してきた鳩の正鳩の脚に手紙を括りつけて、御所に住む二条兄妹と連絡を取る方法を思い付いたのである。もちろん、手紙には正孝が碧音に宛てた内容も含まれているが、武重救出に際して良基の協力を求めるものであった。

こうして良基は、尊氏が不在の日を狙って、武重が監禁されている仮牢に向かった。もちろん、背後には二条家の下僕に扮した野田正氏、正孝兄弟が控えている。

碧音も、正孝と会うために同行を望んだが、乱れている都の治安と、不安に苛まれている光厳上皇と豊仁親王の傍から碧音を離すべきではないとの判断から、良基は同行を許さなかった。

そして菊池武重を二条家として詮議したいとの名目で、武重を仮牢から呼び出すことに成功した。武重は、以前に弟の武吉と武光から、野田兄弟と二条兄妹のことは十分に聞いていたので、詮議と称して来ている者たちが彼らであることに、すぐに気付いていた。

良基は、牢番には見えないように、武重に対して手で合図をしている。その合図の意味を理解した武重は、良基に向かって唾を吐きかけようとする。もちろん、良基の体には当たらないようにではあるが。野田兄弟は、その様子を確認してすぐに言う。

「無礼者!良基様、こやつは二条邸に連れ帰って、厳しく詮議をすることにいたしましょう」

「そうじゃの、厳しい詮議を頼む」

良基の言葉に、牢番たちは逆らうことはできず、こうして何の騒動もなく菊池武重は仮牢から救出され、野田兄弟と共に堺に向かい、そこから和泉屋徳兵衛の船で肥後に戻ったのである。

場面四

二条良基からの提案もあり、足利尊氏は比叡山に籠る後醍醐天皇に向けて使者を出し、帝には退位していただく代わりに、その身の安全の保障と、両朝迭立（りょうちょうてつりつ）を継続するために次の次の帝の候補者として後醍醐天皇の皇子である大覚寺統の成良（なりなが）親王を皇太子とすることを条件として、和睦を実現した。そして御所に戻ってきた三種の神器を使って、豊仁親王は即位し、後に光明天皇と呼ばれる新しい帝となったのである。

ある日、まだ若い新帝に代わって、当面は院政を敷くことになった光厳上皇が碧音を呼び出して言われる。

「碧音よ。これまでいろいろと苦労を掛けて、申し訳なく思っておる。しかし、良基のおかげもあって、無事に豊仁が即位することができて一安心じゃ」

「これも上皇様の高潔なご人徳の賜物でございます」

「そこで碧音に相談なのじゃが、豊仁の后になっていただけぬか？」

急の話に、碧音は戸惑っている。確かに、帝となった豊仁親王は碧音より一歳年下で、幼い頃から碧音とは姉弟のようにして育ってきているので、最も気心が知れた関係である。しかし、碧音には堺に野田正孝という想い人がいるし、豊仁を異性として意識したことは一度もなかった。碧音は考えた上で言う。

「申し訳ございません。今少し考えさせてくださいませんでしょうか？」

その碧音の態度を見て、勘の鋭い上皇は言われた。

「そうか。碧音には想い人がおるのじゃな。良基から聞いておるが、碧音が飼っている亀の所に、時々白い鳩が来ているのは、その人からの便りということか」

「上皇様。お察しの通りでございます。后になることはできませんが、碧音は生涯をかけまして上皇様と帝様にお尽くしいたす所存でございますので、お許しくださいませ」

心優しい上皇は言われる。

「その想い人の方と添い遂げられるよう願っておるぞ」

「ありがとうございます」

「それから、良基には前帝様や皇太子となられた成良親王との間を取りもってもらえるよう頼んでおる」

上皇は、廃帝となって御所内の花山院に軟禁されている後醍醐天皇ら大覚寺統との関係を改善したいと考えておられるようである。しかし、そんな時、上皇のもとに急の伝令が届き、上皇は暗い顔をして碧音に言われる。

「前帝様が、僅かな手勢と共に、京の都を脱出されたそうじゃ」

「えっ?」

「これは大変なことになるな。何とかせねば。碧音よ、良基に伝えてくれるか。前帝様が望まれるなら、皇太子に皇位を譲っても良いので戻って欲しいと前帝様を説得してくれと」

その頃、二条良基は足利尊氏と弟の直義の訪問を受けていた。まず直義が言う。

「良基卿、前帝様が御所を脱して南の方角に向かわれているとのこと、今後どのようになるとお考えでしょうか?」

「直義殿、前帝様の周囲には過激な考えを持つ者もいるとのこと、おそらく吉野あたりに立て籠もって抵抗を始めるのではないかと思われます」

「やはり吉野ですか。途中の河内あたりには楠木軍の残党が勢力を残しておりますし、おそらく離散した公家や武家たちも結集するでしょうから、また合戦になりそうですね」

そこで尊氏が口を出す。

「私は前帝様を尊敬しておりますし、できることなら戦をすることなく元の状態に復したいと考えているのですが」

良基も言う。

「確かに、今の段階で再び戦を起こすのは得策ではないと思います。前帝様が吉野に落ち着かれる前に、何とか都にお戻りいただくよう説得されては如何でしょうか？」

「そうですね。その方向で考えましょう」

尊氏の言葉に、直義は不服そうであるが、良基の手前、ここで逆らうことはできないようだ。今や、良基は御所に残っている数少ない高級公家として、足利方にとって貴重な存在となっているのである。良基は、前帝が吉野に向かう道中で接触できないものかと、その方法を考えていた。

その頃、後醍醐天皇の花山院脱出の報は、早くも野田城にも齎されていた。正氏は我が事のように喜んでいる。

「これで父上や武吉の恨みを晴らせる日が近付いたな」

しかし、正孝は複雑な思いのようである。

「後醍醐の帝様が戻られたとしても、足利方が戦力的に有利であることには違いありませんから、まだ戦う時期ではないと思います」

正孝の言葉を聞き、正氏も冷静になって言う。

「そうだな。同じ過ちを繰り返すようなことをしてはいかんな」

「京の都には良基がいるので、暫くは任せておくべきではないでしょうか」

「では正孝、また正鳩を飛ばして良基と連絡を取っておいてくれ」

正孝は、野田家から二条良基に宛てた手紙と、自分から碧音に宛てた手紙の二枚を鳩の脚に結び付けて、京の都に向けて解き放った。訓練を積んだ正鳩は、今では堺から亀屋がいる京の都まで行く能力を身に付けていたのだ。足利尊氏・直義兄弟との会談を終えた良基が自邸に戻ると、亀屋の上に正鳩がとまっている。

「おお正鳩、私の心を知って飛んできてくれたのか」

そして良基は、野田兄弟から届いた手紙を見て、すぐに返事を書いた。

「前帝様の御一行に接触して、吉野に入られる前に、堺あたりでお止めしてくれ。私が上皇様と帝様の書状を持って説得に出向く」

そして良基は、正鳩の脚に括りつけ、堺に向けて解き放とうとするのであるが、正鳩はなかなか亀屋の背から降りようとはしない。

「そうか正鳩、碧音から正孝への返信も持って帰りたいのだな」

しかし、碧音は光厳上皇と話をしており、なかなか帰ってはこない。ようやく碧音が戻ってきた頃には夕刻になっており、正鳩が京の都を飛び立ったのは翌朝であった。

良基からの書状を受け取った野田兄弟は、直ちに後醍醐天皇一行と接触するために人を動員して吉野に向かう街道に出向いたが、僅かの時間差で一行は堺を過ぎて吉野路に入ってしまっていた。

「遅かったか」

正氏の言葉を受けて、正孝は悔しそうに言う。

「これで再び戦乱の世が来てしまうな」

こうして後醍醐天皇は吉野に向かい、その地で再び皇位に戻ることを宣言し、そこに北畠親房や二条師基などの有力公家、楠木家や新田家などの有力武家が参集して、北に光明天皇、南に後醍醐天皇という二人の天皇が君臨し、後に南北朝時代と呼ばれる時代が始まってしまったのである。

三段目「吉野千本桜」

場面一

時は延元二年（一三三七年）春、場は南朝側の都が置かれている吉野朝廷。

朝廷とは言え、きらびやかな京の都の御所とは違い、寺の一角を使った質素な仮の御所であるが、背景には吉野千本桜と呼ばれる満開の桜があり、その華やかさでは京の御所に劣ってはいない。そこで今日は、後醍醐天皇が、側近を集めて朝議を開催していた。

帝は御簾の中にあって姿は見えず、御簾の前の、帝の側から見て左には妃の阿野廉子が、右には二条栄子を筆頭とする数人の側室たちが座り、左寄りには重臣中の重臣である北畠親房が、右寄りには建武の新政前からの忠臣である二条師基が座っている。

建武の新政以来、帝自らが政治を執り行うことから、関白や左大臣、右大臣などの官位は廃止されており、親房にも師基にも官位はないが、自ずと格付けは決まっているようだ。

帝が座っている同じ座敷には格式の高い公家と、楠木家などの大きな功績があった一部の武将しか上がることができず、堺にある野田城という小さな城の一城主に過ぎない野田正氏と弟の正孝は、他の武士団の者どもと一緒に、天皇の玉座からはかなり遠い石畳の上から状況を眺めていた。親房が立ち上がって言う。

「ここ吉野に雌伏して初めての桜の季節となったが、良い報せがある」

この言葉に、全員が息を呑み、次の言葉を期待している。

「北陸からは新田義貞殿が京に向かう運びとなっておるし、我が息子の顕家が東北を出発し、鎌倉を制圧した後も、敵を次々と撃破しておる。いよいよ都に戻れる日が近付いておるぞ」

この言葉に、全員が歓声を上げている。

そこで御簾が開かれ、後醍醐の帝がその姿を現された。正氏ら下級武士が帝の姿を直接拝み見る機会はなく、誰もがその威光に圧倒されている。帝が言葉を述べられた。

「皆の者、奮励つとめ、それぞれの役割を全うせられむことを願ふものなり」

全員が帝の言葉を受け、平伏して感涙にむせんでいるようである。

帝や后たち、北畠親房などの高官が退席した後、正氏が正孝に話しかけている。

「正孝よ。いよいよ父上と武吉の恨みを晴らせる日が近いようだな」

二人の父である野田正勝と、友であった菊池武吉は、昨年五月の湊川の戦いで、大楠公こと楠木正成と共に、足利方の大軍に包囲され、勇ましく戦い、最後は自害しているのだ。しかし、正孝は言う。

「お恨みと申すならば、足利方のご一族とて同じこと、互いに恨みを晴らし合っていては果てがないのではないでしょうか」

「それはそうかも知れんが、親や友の恨みを晴らすのは武士の本分ではないのか」

「私は、今のように帝様がお二人おられるという事態を、一日も早く解消し、争いのない時代を作り上げることが先決ではないかと考えております」

「正孝、貴殿の言うことも分からぬでもないが、今は乱世、そのような理想を語る時期ではないと思うぞ」

「されど、理想なくして未来を作り上げることは叶いません」

そこで正氏は、正孝の想い人である二条碧音が京の都に残っていることを思い出した。

「そうか、正孝の想い人は京の都におられるのであったな・・・」

その後、正氏と正孝は二条師基からの呼び出しを受けた。師基はじめ二条家は、野田家とは深い縁がある。鎌倉幕府倒幕に失敗した後醍醐の帝が帝位を失って隠岐島に流刑になっていた頃、その重臣であった二条家一党も失脚して京の都を脱出し、旧知の商人である和泉屋徳兵衛を頼って堺の町で暮らしていたが、その際に世話になっていたのが、楠木正成軍を応援する立場にあった野田家であった。

その時に、師基の姪にあたる二条碧音と野田正孝が恋仲になったのであるが、碧音は兄の二条良基と共に京の都に残り、さらに碧音と良基の姉である二条栄子は後醍醐の帝の側室となって吉野に来ているので、まさに叔父と甥、姉と弟と妹、そして互いに想い合う若い男女が南北に引き裂かれているのである。師基が言う。

「親房様は京の都に帰れる日が近いと申されているが、私は楽観しておらぬ」

正孝が答える。

「やはりそうでございますか。和泉屋徳兵衛殿からも、戦局は必ずしも我々吉野方に有利ではないと聞いております」

「そうなのだ。新田義貞殿は金ヶ崎城を落とされて苦戦しておられるし、北畠顕家殿の軍勢も遠路の疲れが出て、以前ほどの勢いがないようで、親房様のお話を全て真に受けられる状況ではないようなのだ」

正氏は不服そうである。

「しかし師基様、足利方の多くは恩賞目当て、彼らが擁立した帝様も三種の神器を持たれぬ偽りの君に過ぎませんから、まさに烏合の衆・・・」

そこで正氏は、再び京の都にいる二条良基の存在を思い出して言葉を止めた。

正氏に代わって正孝が言葉を続ける。

「足利方には二条良基様がおられます故、必ず良き打開策をお持ちであろうかと存じます。師基様は、何か聞いておられますのでしょうか？」

師基は、少し間を置いてから言う。

「良基は慎重な奴じゃから、何も言ってはこんが、着々と策を進めておるであろう。碧音は何やら書き物に集中しておるようじゃし」

二条良基は歴史書を執筆しており、今は妹の碧音と一緒に仕上げの段階に入っているらしい。師基は続ける。

「わしは、貴殿らが住む堺が両朝統合の鍵ではないかと思っておる。あの和泉屋徳兵衛が刀鍛冶組織と堺港での元帝国を相手とする貿易を押さえておるからな。ところで、菊池武重殿が居城に戻られたそうだな」

建武の新政前から後醍醐の帝に尽くしていた九州肥後の国・菊池の領主である武重は、帝が吉野に逃れられた後、足利方によって拘束されていたが、野田兄弟と二条良基との協力でもって、何とか京の都を脱出できたのである。

正氏が、菊池一族と野田兄弟、そして二条兄妹とは、建武の新政の前から今に至るまで、とても深い縁で繋がっていることを、改めて説明した。それを聞いて師基が言う。

「そうか、それは良かった。これで九州のことは暫く安泰になりそうじゃから、こちらは足利方との折衝に専念できそうじゃ」

正氏、正孝兄弟は、それぞれに頷きながら、次の展開を考えているようであった。

二人が見上げた吉野朝廷の背後には、迫りくるような多数の桜の花が咲き誇っている。

場面二

そして場は、満開を過ぎた桜の花びらが舞い散っている九州肥後の国・菊池に変わる。

そこでは、菊池家の当主・菊池武重が、京の都を脱出してようやく帰還し、一族郎党を集めて軍議を行っていた。武重の父であった先代当主の武時は、後醍醐の帝らと共に鎌倉倒幕に尽力し、鎮西探題攻めで討死したが、その功績を楠木正成が帝の前で高く評価してくれたことから、それ以来、菊池一族は楠木正成を深く尊敬すると共に、後醍醐の帝に忠誠を誓うようになり、今では九州における吉野方勢力の中心となっている。

しかし、九州においても足利方に与する勢力が少なくはなく、日和見をしている者たちも含めて、まさに拮抗している状況であり、菊池家としても安閑とはしていられない日々であった。武重が話し始める。

「皆の者、よく聞け。吉野の北畠親房様より書状が届き、いよいよ足利方討伐が本格的に始まるとのことである」

全員が歓声を上げているが、武重はそれを制して言葉を続ける。

「実は本日、足利方からの使者が、尊氏からの口上を持って参った。足利に従えば九州一国を菊池家に与えると」

その言葉に、皆が色めき立っている。

「使者は丁重にもてなした上で、返書を渡した」

武重の言葉を受け、家臣の一人が、おそるおそる尋ねた。

「して、殿はどのように？」

暫くの沈黙の後、武重は豪快に笑いながら話し出す。

「返書には、こう書いたわ。後醍醐の帝様の臣下として戦い続けた我らが、尊氏ごとき外道に降ることなどできる訳がない。文句があるなら姑息な真似をせず、この首を切り落としに来い。たとえ兵力では劣っても、先祖の名を汚してまで売り渡せるような安い誇りは持ち合わせておらぬわと」

一堂に歓声が上がる。武重は、付け加えた。

「さらに重大な報せがある。帝様の御名代として、懐良親王様が征西将軍となって九州に下向されることになり、我が菊池家でお迎えしようかと考えておる」

場にいる者の感激は極まっていた。

「これで先代・武時様の仇が取れるぞ」

「大楠公様と共に討死なさった武吉様も、さぞ喜ばれるであろう」

武重の弟である武吉は、自ら志願して楠木軍に入り、湊川の戦いで楠木正成と共に討死しているのである。

武時と武吉の弟である菊池武光は、その言葉を聞いて、親友である堺の野田正孝のことを思い出していた。

武光は、父の武時が博多で戦死した後、建武の新政が実現するまでの間、難を逃れるために、一歳上の兄の武吉と共に堺に滞在しており、その際に和泉屋徳兵衛と野田家の世話になっていて、また京から追放になっていた二条良基・碧音兄妹とも知り合っていたのである。

当時十五歳であった武光は、野田正孝と二条良基とは同じ齢、野田正氏は一歳上、二条碧音は一歳下で、よく六人で堺の町を歩いたり、和泉屋の表家業である『かん袋』という餅屋で売られている『くるみ餅』を楽しんだりしたものであった。そんな縁があり、菊池武重が京の都で拘束された時、彼らと和泉屋徳兵衛が救出に手を尽くしてくれたのでもある。武光は心の中で思っていた。

「楽しい日々であったな」

九州の名門である菊池家と堺の地方豪族に過ぎない野田家、そして正真正銘の公家本流である二条家という、普通に考えれば出会うことなど有り得ないであろう六人が、堺という自由な空気に満ちた町で、まるで幼馴染であるかの如く、共に仲良く過ごした日々は、奇跡のような記憶なのであろう。

武光の兄である菊池武吉と野田正氏とは、共に二条碧音に想いを寄せており、彼らは碧音の気を惹くために、今から思えば稚拙な競争をしていたのである。

体力自慢の二人は、碧音に戦場での武勇伝を自慢げに語ったり、和泉屋にあった米俵や石臼を持ち上げてみたり、相撲で勝負をしてみたりするが、公家の令嬢である碧音には響かない行為でしかなく、最終的に碧音が選んだのは、最も地味に見えていた野田正孝であった。

暫く後に、後醍醐の帝によって鎌倉幕府が滅ぼされて建武の新政が始まって、公家の身分を回復した良基と碧音は京に、武吉と武光は肥後に戻ることになったが、六人の友情の絆は強く結ばれていた。しかしその後、足利尊氏の離反によって建武の新政が崩壊し、京の都では後醍醐の帝を廃して持明院統の光明の帝が即位するが、後醍醐の帝は吉野に逃れ、帝が二人存在するという異常事態が始まってしまう。

そして、光明の帝の側近となっていた二条良基と碧音は京の都に残り、楠木家との縁から吉野方に与していた野田兄弟と菊池兄弟とは別れ別れになってしまい、恋仲であった正孝と碧音とは南北に引き裂かれてしまうことになる。さらに、その後に楠木正成軍と足利尊氏軍が戦った湊川の戦いに、菊池武吉は野田兄弟の父である野田正勝と同じく志願して参戦し、正成と共に討死してしまうことになる。武光は一人考えていた。

「碧音様は京に残られているとか。正孝も辛かろうな。我が兄は討死してしまったが、いつかもう一度、残りの皆で会える日が来ると良いのだが」

武光は、散り行きつつある桜を見ながら、感慨に耽っていた。

場面三

場は変わって京の御所。かなりの数の公家が後醍醐天皇を追って吉野に行ったため、御所内は閑散としており、庭に咲く桜の花を愛でる人も数少なく、寂しげに見えている。

二条良基が妹の碧音に話し掛けている。

「碧音よ、書の編纂は進んでおるか？」

良基が言う〝書〟とは、建武の新政以前の百五十年間くらいの歴史を描いた作品のことで、良基と碧音が、今は亡き父の道平から受け継いで編纂を続けているものである。

「概ねは完成いたしました」

「そうか。その書に題を付けねばならんが、碧音はどのような題が良いと思うかな？」

碧音が言う。

「この書は、源顕房様が書かれた大鏡（おおかがみ）と、藤原隆信様が書かれた弥世継（いやよつぎ）の後を受けて書かせていただいたものでございますから、増鏡（ますかがみ）としてはいかがでございましょうか？」

「増鏡か。なかなか良い題じゃな。では碧音の言う通りとしよう」

「ありがとうございます」

「帝様も上皇様も、完成を待っておられたから、早速ご報告して参ろう」

帝とは北朝二代光明天皇であり、上皇とは先代天皇である光厳上皇のことである。碧音が言う。

「帝様も上皇様も、あんなに穏やかで優しい方ですのに、ご不幸続きでお気の毒でございます」

「そうだな。帝様も上皇様も、一日も早い吉野方との統合を望んでおられるから、私もしっかり勤めねば」

「そうでございますね。私も一日も早い統合を願っております」

碧音の横には、まだ小さい石亀が一匹、静かに佇んでいる。

「この亀屋さんも、きっと平和な日々が来るよう、いつも祈っているのでしょう」

この亀は、碧音たちが堺で暮らしていた時に、今は亡き菊池武吉が和泉屋徳兵衛からもらった子亀に亀屋という名前を付けて可愛がっていて、堺を引き払う際に、武吉から碧音が引き取ってきたもので、いつも大人しく碧音の傍にいるのだ。亀屋の方を見て、野田家や菊池家の友たちと楽しく過ごした堺での日々を思い出した良基は、済まなそうに言う。

「碧音には苦労を掛けて申し訳ないと思っておる。本当なら正孝と一緒に堺や吉野に行きたかったであろうに。この書の編纂があったばっかりに・・・。」

碧音は、しっかりとした口ぶりで兄に言う。

「いえ兄様、これが私の大きな使命と存じておりますので。正孝様も分かってくださっておりますし、何よりも、正鳩さんのおかげで、今も正孝様とは文のやり取りを続けておりますから」

「そうであった。正孝の鳩と亀屋のおかげで、絆は続いているのだな」

そして良基は、言い難そうに碧音に話す。

「実は碧音、増鏡と名付けるこの書は建武の御新政で終わっておるが、本当に記録が必要となるのは、その後なのではないかと私は思っておる」

碧音は、既に兄の意図が分かっているのか、静かに答える。

「そうでございますね。再び天下に平穏が訪れるまでの、この後の歴史こそが、後世に伝え残すべきものと私も考えております」

「分かってくれたか。私は今後、政務に多忙となると思われるので、次の書は碧音に任せたいと考えておるのだが、大丈夫か？」

「もちろん、大丈夫でございます」

「そうか、それでは、次の書の題は、碧音の名を取って、碧鏡（みどりのかがみ）とすると良いぞ」

「光栄でございます」

こうして、二条碧音は、増鏡に続く歴史書・碧鏡の制作を開始することとなった。良基は、碧音の顔を見つめながら、しみじみと言う。

「碧鏡は、可能な限り短く終わらせたいものだ」

「そうでございますね」

兄妹は、亀屋と共に、寂しげながら華やかに咲いている御所の桜を静かに眺めていた。

その頃、御所から程近い室町の足利屋敷では、足利尊氏・直義（ただよし）の兄弟と、高師直（こうのもろなお）、佐々木道誉（どうよ）が集まって協議していた。質実剛健を旨とする直義はいつでも戦いに出られそうな鎧を装備しており、バサラ大名と呼ばれている師直と道誉は互いに競うような派手な衣装に身を包んでいるのに対して、尊氏はまるで下級武士の平服のような質素ないでたちである。

まず直義が言う。

「直ちに兵を出し、吉野方を討つべきと存じます」

それに対して、直義より年長の師直は、諭すように言う。

「直義殿、今の吉野方は勢い付いておりますが、やがて新田義貞も北畠顕家も力尽きることでしょうから、こちらから攻めるまでもないと考えます」

その意見に、道誉も同意しているようだ。

「師直殿が言われる通り、今は時期ではないと思います。少し様子を見ておかれては」

しかし、直義は納得しない様子である。

「いや、今こそ吉野方を叩き潰す好機かと存じます。兄上のお考えは?」

そこで、これまで黙って、違う方向を見ているような仕草をしていた尊氏が発言する。

「戦は極力避けようぞ。わしは後醍醐の帝様とは戦いとうない」

直義は言い返す。

「兄上がそのように弱腰だからこそ、吉野方が勢い付くのではありませんか。兄上が動かぬなら、私一人でも吉野を攻めまするぞ」

そこで道誉が宥めに入る。

「直義殿、戦には大義が必要であり、また戦に勝つには機を見る必要がございます。ここは師直殿が言われるように、もう少し様子を見ましょうぞ」

師直も、道誉の意見に同意しているようだ。

「まだまだ後醍醐の帝様や、亡くなられた楠木正成殿を崇拝する者も多いようですし、新田軍や北畠軍の勢いも残っておりますから、吉野攻めは時期尚早かも知れませんな」

そして尊氏が言う。

「二条良基卿が、吉野方と戦わずして円満に統合できるよう尽力くださっておるようなので、わしはそちらの方に期待しておる。それに今の戦力分布を見る限り、足利方が敗れるというようなことにはならんであろうし」

確かに尊氏が言う通り、足利方の戦力は圧倒的に吉野方を上回っており、真剣に戦えば足利方が勝つのは分かっているので、尊氏としては今も尊敬してやまない後醍醐の帝と刃を交えることを避けたいと考えるのも無理はなかった。師直も道誉も、尊氏の言葉に頷いている。

「それより、今は室町の桜を楽しもうではないか」

戦を忘れようとするが如き尊氏の言葉に、直義は不満そうではあるが、兄と重鎮二人の言葉に対して、これ以上に逆らうことはできないと悟っているようだ。

こうして吉野方、足利方、そして両者の統合を望む人たちが、それぞれの思いを持って、それぞれの場所で、束の間に咲く桜の花を惜しむが如くに嗜んでいるのであった。

四段目「決戦前夜」

場面一

時は移り延元三年（一三三八年）春、既に吉野方と足利方の戦は始まっており、吉野方の頼みの綱である北畠顕家の軍と高師直率いる足利方の軍が大坂で対峙している。

ここは堺の町の中にある和泉屋徳兵衛の店。表向きは餅屋になっており、店の中は名物になっている『くるみ餅』を買う人や、その場で食べている人などで溢れているが、その奥座敷で、徳兵衛は野田正氏・正孝兄弟と話している。

「この堺の中心地は武具の生産地であり、港は大元国との交易の窓口であり、またここには町人しかおりませんから、二条良基様の陰からの御尽力もあり、足利方からも戦の場にはせぬとの内諾を取っておりますが、阿倍野での北畠顕家様の守りが破られた場合、町はずれに位置する野田城は攻めに遭うやも知れません」

徳兵衛の言葉に、正氏が答える。

「そうですな。顕家殿の軍勢も勢いを失っているようですし、野田城としても守りを固めておく必要がありますな」

兄の言葉を受けて、正孝が言う。

「攻められるにしても、何とか被害を最小限にとどめたいものです。特に領民の犠牲は避けたいと思います」

「そうだな。で、徳兵衛殿、例の品は？」

正氏の言葉に徳兵衛が答える。

「ご用意いたしましたので、ご覧に入れましょう。こちらの離れの間に」

実は、徳兵衛は餅屋以外にも様々な仕事を取り仕切っており、この奥座敷から繋がる離れの間が、徳兵衛のもう一つの仕事場なのだ。野田兄弟は、徳兵衛に案内されて、離れの間に入った。そこには鎧兜や刀剣をはじめ、あらゆる武具が並べられている。その中で、正氏は見たことのない武器を目にして、徳兵衛に尋ねる。

「この長い棒のようなものは？」

「これが槍でございます」

正孝が感激したように言う。

「これが、菊池千本槍・・・」

「そうでございます。菊池武重様が一千の軍勢で、三千の足利直義軍を打ち破った箱根竹ノ下の戦いの際に使われたものの複製です」

正孝が言う。

「おそらく足利軍は槍の恐ろしさを知っているでしょうから、これを見ただけでも恐れをなすことでしょうな」

そして徳兵衛は、満を持したように言う。

「もっと敵が恐れをなすものをご用意いたしました。次の間にどうぞ」

次の間には、誰もが見慣れた武具は置いておらず、五寸（約十五センチ）くらいの丸い陶器のようなものが数十個と、天秤のような形の器具が置かれている。

「この丸いのは鉄炮（てつはう）と呼ばれているもので、この器具はこれを遠くに飛ばすためのものです」

正孝が驚いたように言う。

「てつはう、まさかあの元寇の際に元の軍勢が使ったという・・・」

「その通りでございます。元帝国より直接入手いたしました」

正氏が徳兵衛に尋ねる。

「噂に聞くところによると、この玉が地に落ちると破裂するとか」

正孝が心配そうに言う。

「しかし、このような物を使うと、多くの死者が出てしまいはしませんか？」

徳兵衛は、正孝を安心させるように言う。

「確かに、火縄に火をつけて飛ばせば、落ちた場所で破裂しますが、大きな音が出る程度で、たいした威力はありません」

「それなら安心しました」

「城に千本槍を立てて見せ、鉄炮を何発か打てば、敵は恐れをなすことでしょう」

徳兵衛の言葉に、正氏が問い返す。

「しかし、千本槍も鉄炮も、我々は扱ったことがなく、どのように使えば良いか分かりません。特に鉄炮にどのように着火して、その器具でどのようにして投げるのかなど」

そこで徳兵衛は、ゆっくり言う。

「ご安心ください。鉄炮を扱える者も用意してございます」

徳兵衛が手を叩くと、見たことのないような衣装を付けた一人の男が現れた。

「この者は、元帝国で実際に鉄炮を扱っておりました元兵士でございます」

モンゴル人らしい男は、流暢な日本語で挨拶する。

「私はドルジ・バヤルサイハンと申します。最初は倭寇の人たちに攫われてこの国に連れてこられましたが、菊池さんに助けられました」

「もしかして、肥後の菊池氏ですか？」

「そうです。菊池さんたちは私の恩人です。私、今はこの国の人が大好きです。一緒に戦わせてください」

正孝は、友である菊池武光のことを思い出し、ドルジに尋ねた。

「菊池武光を知っていますか？」

すると、その言葉に呼応するように、奥の部屋から一人の青年が現れた。

「武光！！」

驚く正孝に、武光は言う。

「正孝、久しぶりだな。この千本槍の使い方を教えるために来てやったぞ」

正氏も含めた三人は、暫くぶりの再会の感激に浸っている。徳兵衛が言う。

「武光様とドルジがいれば、槍も鉄炮も思いのままに取り扱えますから、あとは大楠公様譲りの戦略を正氏様と正孝様に駆使していただければ、野田城は安泰と存じます」

徳兵衛は、さらに言葉を加えた。

「実は野田城を応援するため、堺の港に熊野水軍が向かっているとの噂を流しております。そして、実際に何艘かの船を熊野水軍仕様にして、港の入り口あたりに待機させてあり、戦が始まる頃には足利方の目に触れるよう手配いたします」

「偽熊野水軍ですか！」

驚く正氏に徳兵衛は言う。

「そして、千本槍と鉄炮と偽熊野水軍で足利方を退却させた後、野田城にはもっともっと凄い新兵器が沢山あるから近付かない方がいいという噂を流すのです」

「なるほど。その策なら被害を最小限にとどめることができそうですね」

正孝は嬉しそうに話す。それを聞いて、武光が言う。

「相変わらず、正孝は平和主義だな。まぁ、それが正孝の良い所なのだが」

「一日も早く、この戦を終わらせたいと思っているんだ」

「それはその通り。誰も戦いたくて戦っているのではなく、次の世を作るために戦っているのだからな」

正氏も言う。

「とにかく今は当面の敵を撃退することを考えようぞ」

そこでドルジが言う。

「私の国も、度重なる戦乱で国土が荒廃しました。この美しい菊池さんや野田さんの国を、これ以上荒らしてはなりません」

ドルジの言葉に、全員が頷くのであった。

場面二

延元三年（一三三八年）五月、吉野朝廷では、二条師基が頭を悩ませていた。北畠顕家から、奏上文と題された後醍醐の帝宛の書状が届いたのである。

顕家は弱冠二十一歳であるが、鎮守府大将軍として陸奥に赴任しており、今は東北の武士団を率いて上洛、大坂の天王寺や阿倍野あたりで足利方と果敢に戦っている最中であった。

本来であれば顕家の父の北畠親房が対応すべきところであるが、親房は伊勢に出向いており、他の有力な公家たちも各所に出払っているので、この書状を帝にお見せすべきか否かを、留守を預かる責任者である二条師基が判断しなければならないのだ。

何故に師基が困っているかというと、顕家の書状が、後醍醐の帝がしてきた建武の新政以来の政治方針に異議を申し立てる内容であったからである。困った師基は、姪であり、帝の側室の一人でもある二条栄子を呼び出して相談してみた。

栄子は教養ばかりではなく、一種の霊能力のようなものを持っているようで、様々なことを予知して帝や師基たちの危機を回避させたりしたことがあり、帝や后の阿野廉子からの信頼も厚い人物である。師基は栄子に、七箇条で構成されている奏上文の内容を説明している。

「奏上文の第一条には、各地方に将軍府を置いて信頼できる者を配置すべしとあり、これは納得できるものであるが、第二条では諸国の租税を免じて朝廷は質素倹約すべしとある。租税を免じることは良しとしても、質素倹約の件、帝様はどう思われるのであろうか」

栄子が答える。

「確かに建武の御新政の折には御所の改築などを行いましたが、ここ吉野に参ってからは、帝様も倹約を心がけております故、申し上げても大丈夫かと存じます」

「そうか、それなら良いが。次に第三条と第四条には、官爵の登用を慎重に行うべし、恩賞を公平に定めるべきとあるが、これは古い公家らの反発を買うであろうな」

「そうでございますね。確かに、帝様の周りには能力も功績もないのに官爵や恩賞を得ようとする輩がおりますから。しかし、ここは師基様や北畠親房様がしっかりと裁量されるべき部分かと存じます」

「そうか。私も心せねばならんな。次に第五条なのだが、ここでは臨時の行幸や宴飲を控えるべしとのことで、仮に京の都に復帰したとしても、以前のような大きな行事などをするなという趣旨なので、帝様が納得されるものなのか」

栄子は少し考えた上で言う。

「帝様も、ここ吉野に来て最初の頃は昔を懐かしむようなことを言っておられましたが、今は京の都に戻ることさえできるなら、耐えるべきは耐えるお覚悟をお持ちかと存じます」

「そうか、それでは帝様は大丈夫として、やはり古い公家らを私と親房様が如何に抑えるかだな。あとは第六条で法令を遵守させるべきと、第七条で寓直の輩を除くべきと、これは至極全うなことが書かれておるので、やはり栄子が言う通り、この上奏は帝様にお渡しすることにしよう」

そこで栄子が言う。

「実は、この奏上を読みまして、感じることがございます。顕家様のお命が尽きる日が近いのではないかと」

それを聞いて師基は言う。

「それはいかん。ここで顕家殿を失うと、我ら吉野方の士気が低下すること必定、何とかせねば」

「顕家様は、それを十分に分かられた上で、最後の奏上をなさったのではないかと。この文面を見て強く感じます」

「そうか。しかし、取り急ぎ顕家殿には一時的にでも和睦するよう伝えねばならんであろうな。敵将の高師直殿は、物事の分別を知る人物なので、足利方の損害も大きいであろうし、話に乗ってくることもあるかも知れん。しかし今は親房様も不在、私が勝手に顕家殿に指示する訳にもいかぬし、帝様に直接お話するしかないか」

こうして、北畠顕家が渾身の想いで記した奏上文は後醍醐の帝の目に供せられることになる。帝は文を読まれている間、何も言われなかったが、その御心には響いていたようであった。そして言葉を発せられる。

「顕家の奏上文、文体に若さこそ見られるが、内容は極めて筋が通っておる」

そこで師基が、栄子の話を踏まえて言う。

「帝様、顕家殿は我が吉野方にとっては、決して失ってはならない貴重な忠臣であり、今後長きにわたって総大将として八面六臂の活躍が望まれる者でもございます。然るに、今は東北以来の連戦の疲れもあり、戦局は膠着状態であると聞いておりますので、ここは一時、足利方と和睦して、ここ吉野にて体制を立て直すが良策と考えるのですが」

帝は、暫く黙って考えた上で言われた。

「師基よ。貴殿の申すことはもっともである。また、この奏上について、顕家と直接話をしたいと思っておる。親房は不在であるが、ここは一時和睦して吉野に参るよう顕家に伝えよ」

「承知いたしました。それでは、直ちに書状をしたためます」

そして師基は、戦場の北畠顕家への書状と共に、顕家が戦っている大坂から吉野に向かう経路上に位置する野田城の野田兄弟にも、足利方との休戦が実現して顕家が吉野に向かう際の援護を依頼する書状を書いた。また、顕家の軍勢全員を吉野に迎え入れることはできないので、途中にある楠木家をはじめとする各豪族にも軍勢の受け入れを依頼する書状も準備した。しかし、師基は北畠親房の留守中であることに配慮して、書状を全て揃えてから、帝の決裁を受けた上で出そうと考えたので、かなりの時間を要してしまった。

そして数日後、師基は再び帝に謁見して発送の許可を求めた。すると帝は、書状を一読して言われる。

「戦局は急を要しておる。少しでも早く顕家たちに届けるように」

こうして、師基が書状を書いて帝の許可を求めている僅かの時間差が災いしてか、顕家宛の書状は届けられることなく、師基は自らの判断の遅れを深く悔いることになってしまった。

場面三

ここは野田城。軍議の席で、野田正孝が兄の正氏に言っている。

「北畠顕家様が大坂の阿倍野あたりで奮戦しておられますが劣勢とのこと、阿倍野が破られますと、足利方の軍勢が吉野に向けて駒を進めるかも知れません。そうなれば通り道となるこの堺も戦場になるかと」

正氏が正孝に尋ねる。

「堺の町は大丈夫なのか?」

「良基が、武具の製造所や港がある堺の重要性を足利方に説いて、町人しか住んでいない堺の町は戦場にせぬよう、手配してくれているそうです」

「それでは、足利方が吉野に向かうにあたって、堺の町を避けた道を選ぶのであれば、この野田城を落としに来る可能性が高いと思われるな。準備はできているか?」

「はい、兄上。準備は周到にできております」

「そうか。和泉屋さんからの情報によると、足利方の総指揮官は高師直殿で、総勢は一万以上いるとのこと、我が軍は三百くらいだが」

「全兵力でもって野田城に寄せてくるとは思えませんが、数千の大軍を相手に戦うことにはなりそうですね」

正孝の言葉を受けて、野田城に滞在している菊池軍の兵装に身を固めた菊池武光が言う。

「敵が如何に大軍でも恐れるに足りん。我らには大楠公様譲りの軍略がある。それに、偽菊池軍の準備も万端だしな」

そして、元寇の際のモンゴル兵を模した兵装をしているドルジも言った。

「偽モンゴル軍も勢ぞろいしましたし、鉄炮の準備もできております」

正氏が尋ねる。

「港の方の備えは？」

正孝が答える。

「和泉屋さんの方で、偽熊野水軍の準備も万端にしていただいております」

「とにかく短期決戦だ。長引くと様々な偽り事が知れてしまうからな」

「高師直軍の内部に人を潜ませて、野田城が手強いとの情報を流しておりますので、敵も慎重に攻めてくるものと思います」

「そこで一気に勝負を決しようぞ」

その軍議が終わろうとしていた頃、大阪阿倍野の戦場から偵察の兵が戻ってきた。

「殿、大変でございます。阿倍野の北畠顕家様の軍の守りが、足利方の高師直軍に破られました」

「遂に来たか。では次はこの堺が戦場となるな」

湊川で討死した父の恨みを晴らしたい気持ちが大きい正氏は、いよいよ足利方と戦う日が来たことに興奮気味である。しかし、同じく兄を湊川で失っている菊池武光は、正氏のはやる心から隙が生じることを恐れてか、落ち着いて言う。

「この戦いは、戦力差から考えても、かつて大楠公様が立て籠もられた千早城の如く、守りが主になるものと思われるから、落ち着いて戦略を練ることが肝要であろう」

正孝も言う。

「その通り。まさに戦力よりも情報の戦いとなろう。寄せ方の情報はあるのか？」

その言葉に、偵察の兵が答える。

「寄せ方の兵力は約三千、おそらくは塩谷高貞様が率いる軍勢ではないかとの情報がございます」

正氏は、その名を聞いて、少し複雑な思いを持っていた。

「塩谷高貞様か。確か、亡き父上の友であったな」

塩谷高貞は、代々出雲国の守護を務める家柄で、後醍醐天皇が隠岐島に流された際、その脱出を手伝っており、その際に今は亡き野田正勝と知り合い、建武の新政の頃には京の都で正氏と正孝はもちろん、菊池武光とも何度か会っている間柄であるが、今は足利方に与して高師直軍の一翼を担っているらしい。

「塩谷様とは戦いとうないな」

兄の言葉を受けて、正孝が言う。

「そうですね。塩谷様ばかりではなく、高師直軍の多くは建武の御新政の折のお仲間、互いの犠牲は最小限にとどまりますように」

そこでドルジが言う。

「正孝様のご指示で、鉄炮は敵軍に直接当たらない場所に落ちるように調整しておりますし、本来の鉄炮は爆裂で鉄片が飛び散るようにするのですが、鉄片は入れずに作りましたので、死傷者は出ないかと思います」

武光も言う。

「槍も敵を脅すだけで、真剣には突くなと指示してあるし、槍先も鈍く作ってある。熊野水軍が我々に味方するために堺の港に向かっているという偽りの情報も効果があるであろうしな」

正孝が言った。

「戦力的には圧倒的に不利なのだから、勝つ必要はない。とにかく敵方が野田城恐るべしと感じて、撤退してくれればよいのだ」

その正孝の言葉を聞き、やはり父の恨みを晴らしたい気持ちが大きい正氏は、少し複雑な気持ちであった。しかし、正面から戦うには戦力的に劣勢が明らかであるし、また相手が父の友人の塩谷高貞と聞いて、気持ちが揺らいでいるようである。正孝は、そんな正氏の気持ちを推し量ってか、言葉を掛ける。

「今は我々の少ない兵力と、周辺の住民を守ることが最大の課題であると思います。やがて吉野も足利もない世界が参りますから、我々はそれまで、とにかく生き抜かねばなりません」

その言葉を聞いて、正氏は全員に言った。

「とにかく、目の前の敵を撃退するよう、奮励することにしよう。父上と大楠公様が、必ず御守護くださるものと信じておる」

五段目「石津の戦い」

場面一

京の御所では、二条良基と足利尊氏が秘密の会議をしている。良基の横には妹の碧音が座り、書記の役を果たしていた。もちろん、亀屋も碧音の横で大人しく控えている。

碧音が『碧鏡』を制作していることを尊氏も知っているので、普段の尊氏らしくもなく、丁寧な言葉を使うように心がけているようである。

「良基卿、碧音様、本日はよろしくお願い申し上げまする」

良基が言う。

「尊氏殿、そろそろ戦も大勢が決するのかと」

「仰せの通りでございます。さしもの北畠顕家軍も、最近では勢いを失っておりますし、北陸の新田義貞軍の方も、弟の直義からの報告によりますと、既に制圧の目途がついております」

「顕家殿は立派な方ですが、兵士たちが疲弊したのか、奈良あたりでは庶民から略奪などをして評判を落としているそうですな」

「その通りでございます。関東や東北の兵士どもは、良基卿のように上品な者ばかりではございませんから」

「いや、尊氏殿。それが人の性と申すもの、戦が続く限り致し方ないことと存じます」

「良基卿。そろそろ潮時が参ったかと存ずるのでございますが。ここのところの吉野方の動きは如何でございましょうか？」

「本日耳にしました情報によりますと、顕家殿が討死される覚悟をもって吉野の帝様に奏上文を出され、吉野の帝様は顕家殿を討死させないため、足利方との和睦を薦める指示を出されたとか」

「そうでございますか。これは絶好の機会でありますな。私からも高師直殿に和睦に応じるよう指示を出しましょう」

「それが良いと思います。もし人気の高い顕家殿が討死されたりしますと、吉野方は仇を討とうと考えるでしょうから、そうなっては戦に際限がなくなってしまいます」

「良基卿。私もそれが心配の種でございました」

　そこで良基が言う。

「で、尊氏殿。今後のことですが」

「良基卿。光明の帝様と光厳の上皇様には、お話しいただいたのでしょうか？」

「お二人とも、後醍醐の帝様が京の都に戻られたら、今度は間違いなく治天の君として尊重する、次の帝様は大覚寺統から出し、両統迭立を復活されるとお約束いただいております」

　両統迭立とは、持明院統と大覚寺統という二派の皇族が交互に皇位に就く仕組みで、後醍醐天皇即位までは厳格に守られていたものであり、治天の君とは一般的には退位した前の天皇、すなわち上皇をさし、現在は光厳上皇がそれにあたるが、後醍醐天皇にその地位を譲るという意味である。

「ありがとうございます。前回は私の力不足で失敗しまして、申し訳ございませんでした」

今から二年程前、足利軍に追われて比叡山に移った後醍醐天皇は、尊氏からの和睦の申し出に応じて京の都に戻られ、三種の神器を渡して光明天皇の即位を一旦は認められるのだが、約束が果たされていないとの名目で、すぐに京を脱出して吉野に移られ、吉野朝廷を作ってしまわれたのである。

その時の尊氏と良基も、また光明天皇と光厳上皇も、両統迭立の復活を認めていたのであるが、後醍醐天皇の側近の公家の一部が、御所に戻ることで官位が下げられることを恐れ、彼らが画策して、足利方が約束を反故にしようとしているらしいと後醍醐天皇のお耳に入れたことと、足利方に従うことを良しとしない一部の武家の策略があっての脱出劇であったらしい。

そして吉野朝廷が発足したが、今でも戦力差は明らかであり、尊氏と良基は、今度こそ本当の和睦の機と捉え、光明天皇や光厳上皇にも根回しをして、昔のような両統迭立を復活させようと考えているのであった。

良基が言う。

「尊氏殿は以前から調和を重んじるお考えですが、関東の武士には戦いを好む者も多いように思います。和睦は上手く進むのでしょうか？」

尊氏が答える。

「高師直殿や佐々木道誉殿は物事の道理を分かった人物でありますが、問題は我が弟の直義でございます。直義も決して戦いを好む者ではないのですが、吉野方を必要以上に嫌っているようでございまして」

「幸いにも直義殿は北陸攻めに行かれて不在、ここは尊氏殿の一存で和睦のご指示を」

「承知いたしました。早速高師直殿に指示を出しましょう」

「ありがとうございます」

そこで尊氏は、碧音に声を掛ける。

「ところで碧音様。光明の帝様のお誘いを、お断りになられたとか」

碧音は顔を赤らめて言う。

「尊氏様。そのようなこともご存知なのでございますか」

「帝様から直接お聞きしましたよ。残念であったと」

光明の帝は碧音より一歳年下で、実は二人は幼い頃からの仲良しなのであるが、先日に帝が光厳上皇を通じて、碧音を后としたいとの希望を述べられたのを、碧音は断っているのである。尊氏は言葉を続ける。

「碧音様には堺に想い人がおられますからな。今は吉野方ではありますが」

「まぁ、尊氏様は何でも知っておられるのでございますね」

「私と兄上様の策が実りますれば、碧音様の想い人殿も都に来ていただけるようになるでしょうし、その亀屋殿もさぞかし喜ぶことございましょう」

亀屋は、尊氏の横に来て、顔を上げて尊氏の表情を見ているようである。

「ありがとうございます」

亀屋の甲羅に触れながら言う碧音の言葉に対して、尊氏が言う。

「この尊氏、碧音様にお願いがございます。もし想い人殿と一緒になられましたとしても、ご執筆中の碧鏡は最後まで書き続けていただきたいのです」

「私は、この書は世が平穏になれば完結と考えておりますが」

「いえ、仮に私どもの策が功を奏しましたとしても、人の世の流れが止まることはございません。どのような世になりましても、次の世のために記録を残すことが、今を生きる私たちの役割であると私は考えております。それに碧音様には、平安の昔の紫式部様のような、後世に名を遺す女性になっていただきたいのでございます」

尊氏の言葉に、碧音は静かに頷き、良基は深く頭を下げるのであった。

こうして尊氏から戦場の高師直に和睦を薦める書状が発送されたが、書状が届く前に石津の戦いが始まり、残念ながら戦を止めることはできなかった。

場面二

後醍醐天皇と足利尊氏の双方からの和睦を薦める書状が、北畠顕家と高師直のもとに届く前に、吉野方の阿倍野の守りは破られ、戦闘は堺方面に南下してきていた。高師直は、尊氏からの事前の指示で、武具の製造場所でもあり、町人しか住んでいない堺の町を戦場とすることを避け、本隊は野田城と堺との間を通り抜けて、少し南側となる石津の地を決戦の場所に選び、野田城は別動隊が攻撃することになる様子である。

その時、野田城主の野田正氏に、見張りの兵からの報告が入った。

「寄せ手が迫って参りました。塩谷高貞様の軍勢を筆頭に約三千かと」

「そうか、やはり塩谷様の軍勢か」

野田正氏は、正孝以下の一族郎党に指令を出す。

「手筈通り進めてくれ」

正孝が答える。

「準備は万端でございます」

正孝たちは、前夜までに野田城の周囲の田に泥を入れて騎馬が進みにくくする仕掛けや、いばらの垣根を作って歩兵が突撃しにくい仕掛けを作っていた。

これは、かつて野田城初代の野田正勝が、大楠公こと楠木正成と共に千早城で鎌倉幕府軍と戦った時に習得し、以前の合戦で使った戦法である。当時の正勝は、さらに『紙の城』と呼ばれる、張りぼての城のようなもので敵を欺く仕掛けも用いたが、今回は別の方法を講じる予定であった。

そして、いよいよ足利方の大軍が野田城に押し寄せてきた。足利方の野田城攻めの指揮官である塩谷高貞は、前日に行われた総司令官の高師直を交えた軍議で語っている。

「野田家は我が塩谷家とは深き縁のある一族であり、先代の正勝殿は我が友でありましたし、今の当主の正氏殿と弟の正孝殿も幼い頃から見知っておりますだけに、あまり戦いとうはありません。話に聞くには野田城の兵力は三百程度とか。こちらの軍勢は十倍以上あるのですから、まずは数を見せ付けて軽く攻撃した後、降参するよう使者を送ろうと考えております」

高師直も、足利方の主力は石津で北畠顕家軍との最終決戦に向かうので、野田城に関しては塩谷高貞に任せるとの方針で合意していたし、僅かな手勢しかないと聞いている野田城を問題にもしていなかったようである。

こうして塩谷軍は、三千以上の兵で野田城の周囲を遠巻きに取り囲むような陣形を取っている。そして軍勢の数を見せ付けた上で、最初の使者を野田城に送ってきた。野田正氏の前に通された使者が言う。

「塩谷高貞様は野田氏とは縁故である故、戦わずして降参していただけるようお願いして参れと申しつかっております」

正氏は言う。

「私も幼き頃に高貞殿にお世話になった覚えがあり申す。しかし今の私は北畠顕家殿と共に吉野方としてこの城を守る立場、戦わずして城を明け渡す訳には参りませぬ。まずは足利方のお手並みを拝見したいと存ずる」

こうして、野田城の戦いの火蓋が切られたのである。

一気に攻め寄せようとする塩谷軍の騎馬は泥田に足を取られ、いばらの垣根に歩兵は進路を妨害され、なかなか城の下まで進むことができない。高貞が言う。

「さすがは亡き正勝殿のご子息たち、大楠公様の戦略を承継しておられるな。しかし所詮は多勢に無勢であろうが」

そして、ようやく城の下まで軍勢が進んだ時、突然にヒューという音が空に響き、暫くしてから大音響が地を揺るがすように鳴り響いた。

「何だ、この音と煙は？」

塩谷軍が野田城の城壁に立つ兵の姿を見て驚愕する。誰も見たことのない異様な軍装を身に着けた十数人の兵士が、見たこともない器具を使って、丸い球のようなものを投げつけてきており、その球が地に落ちると同時に爆音が響くのであった。その様子を見ていた塩谷高貞は、祖父から聞いた話を思い出して叫んだ。

「まさか、蒙古軍か！」

年配の家臣が言う。

「あれは今から六十年程前の元寇の際に、蒙古軍が使った鉄炮と呼ばれる武器のようでございます」

「どうして蒙古軍がここに？」

爆音に怯む塩谷軍が次に目にしたのは、大量の槍の先であった。そして多数の旗印が挙げられた。高貞が再び声を上げる。

「まさか、菊池千本槍？」

年配の家臣が言う。

「まさにあの旗印は肥後の菊池家のもの、槍も見えることから、菊池軍がおるものと思われます」

城の門が開かれ、菊池家の旗印と長い槍を持った軍勢が飛び出してきた。菊池の槍に貫かれるまでもなく、既に鉄炮で腰を抜かしている塩谷軍は一目散に逃げ出すのであった。

そんな時、高貞の陣に野田正氏からの使者がやってきた。

「城主からのご伝言でございます。我が城には菊池家から一千の援軍と蒙古兵数百がおり、槍と鉄炮も存分に準備しております。また堺の港には熊野水軍が駆け付けており、間もなく上陸する運びとなっております。城主は塩谷高貞様には幼き頃よりお世話になった故、無益な戦いは避けたいと考えておられます。ここは陣をお退き願えませんでしょうか」

こうして野田軍も塩谷軍も、一人の犠牲も出すことなく互いに撤退することになった。菊池武光が言う。

「本当は槍でひと暴れしたかったが、今回は正孝の戦略に乗ってやったよ」

ドルジも言う。

「偽蒙古軍の皆さん、なかなか上手でしたね」

正氏が言う。

「本来であれば足利方とは華々しく戦いたかったが、相手も塩谷高貞様であったし、今回は正孝の戦略で良しとしよう」

こうして実質的な勝利を得た野田城が歓喜に沸いている時、彼らに悲しい報せが齎された。吉野方が石津で足利方を率いる高師直の軍勢と戦い、激しい戦闘の結果、北畠顕家はじめ主力の全員が討ち取られたとの一報が入ったのだ。野田正氏は、驚きのあまり声を上げている。

「顕家様が・・・」

正氏は、顕家とは同年齢で、ずっと憧れと尊敬の対象としてきたのだ。

打ち沈む彼らのもとに、次なる報せが齎される。

吉野方の二条師基が北畠顕家の本陣宛に送った書状が、顕家の戦死で行き場を失い、元々が野田城宛だった書状と共に届けられたのである。その二通の書状には、顕家には足利方との和睦を薦める後醍醐天皇からの言葉と、野田家には顕家の吉野入りを支援せよとの二条師基の言葉が、それぞれ書かれていた。

「間に合わなかったのか・・・」

その同じ頃、足利方の高師直の本陣にも、吉野方との和睦を薦める足利尊氏と二条良基からの書状が届いていた。師直が言う。

「一歩遅かったたか。確かに北畠顕家殿の恨みを晴らすべく、吉野方は大奮起するであろうな。それに塩谷高貞殿からの報告によると、野田城には何やら各所から強力な援軍が来ているようであるし、今から無理に吉野を攻めるのではなく、ここは一度軍を退いて京の都に戻り、尊氏殿のご指示を仰ぐことにしよう」

こうして、野田城と堺の町の平和は、当面は守られることとなったのである。

場面三

吉野朝廷に、北畠顕家戦死の悲報が届けられた。

「間に合わなかったか・・・」

後醍醐天皇は、二条師基と計って顕家に送ろうとしていた和睦を勧める文書が、顕家の手に届かなかったことを深く悔やんでおられるようである。

誰もが悲しみに打ちひしがれている中でも、後醍醐天皇の第七皇子であり、幼くして東北に移され、長らく顕家と行動を共にしていた、後に後村上天皇となる十一歳の義良親王の悲しみぶりは尋常ではなかった。

「尊氏、許すまじ」

悲しみを怒りに変えて打ち震えておられる親王を、顕家の父である北畠親房は、内心の悲しみを隠して宥めている。

「親王様。戦に勝ち負けは付き物、必ず捲土重来の時が参ります」

そして親房は皆に向かって言う。

「顕家は討死してしまったが、足利方も戦に疲れてか、堺より先には進まず撤退したらしいので、暫くの間は吉野は安泰であろうと思われる」

一同が落ち着くのを待って、二条師基が発言した。

「高師直軍が撤退した一つの原因として、野田城の三百の兵が三千の塩谷高貞軍を撃退したことがあると聞いております」

親房が言う。

「野田家と言えば、湊川で討死された先代の正勝殿譲りの楠木家の戦法を使ったのか」

「今回は、それ以上の知略を駆使し、双方ともに一兵も失うことなく戦を終わらせたそうでございます」

師基の言葉に、親房は感じることがあったようである。

「近々に野田城の者どもを呼び寄せてくれ。彼らに引き合わせたい者がおる」

北畠顕家を失い、北陸の新田義貞も苦戦を強いられている中、親房には起死回生の策があるらしかった。師基は頭の中で思っていた。

「そうか、あの者たちを呼び寄せるのか・・・」

数日後、野田正氏・正孝兄弟は吉野に参上し、親房と師基の前で野田城での戦いぶりを説明している。

「貴殿らの活躍がなければ、足利方は堺を突破して、今頃はこの吉野に向かっておったやも知れん。まさに殊勲甲であったな」

親房の言葉に正氏も正孝も恐縮している。親房は言葉を続けた。

「二人の父上である今は亡き野田正勝殿は、楠木正成殿に心酔しておられ、その教えを二人に残されたのであろう。武の正氏と智の正孝、二人して野田家を盛り上げてくれ」

「過分なるお言葉、痛み入り奉ります」

そう言う兄弟に対して、親房はさらに言葉を続けた。

「今日は、貴殿らに引き合わせたき者がおる」

親房の言葉を受けて、三人の人物が部屋に入ってきた。そのうちの二人は歳の近い兄弟のようで、正氏と同年代くらいの様子であり、もう一人はまだ十歳くらいの少しひ弱そうな少年である。長兄らしい青年が言葉を発する。

「野田正氏殿、野田正孝殿、お初にお目にかかります。私は楠木正行と申します。こちらは弟の正時と正儀です」

「あ、あなたが、あの大楠公様のご子息・・・」

野田兄弟は感激に震えている。親房が言った。

「正行殿は、今は千早城で雌伏して、力を蓄えておるところであるが、やがて再び京の都に攻め上る日が参るであろうから、今のうちから連携を取っておいて欲しいのだ。それにしても、よく似た兄弟の組み合わせじゃな」

確かに、野田兄弟も楠木兄弟も、武の兄と智の弟という印象である。まだ小さい正儀は、遠慮してか何も言葉を発しないが、その知性は全員の中でも際立って感じられるものであった。正行が言う。

「父は西国街道の桜井の駅において、私に後を託して湊川に向かわれました。これが父の形見の短刀です」

そして正行は、かつて父の正成が後醍醐天皇より下賜された、菊水の紋の入った短刀を野田兄弟に見せてくれた。正氏は感激して言う。

「何と畏れ多いことでございます」

正行は話を続けた。

「野田ご兄弟のお父上も、我が父と共に湊川に散られたとか」

「そうでございます。さらに私の友であった菊池武吉もおりました」

「そうでしたか。次は私たちが父や友の恨みを晴らす番ですね」

「その通りでございますね」

そこで正行は、二人の兄たちとは少し離れた場所で、ずっと黙っているままの正儀の方に目をやりながら言う。

「私と正時の思いは同じなのですが、下の弟の正儀は何を考えているやら分からず」

正行の言葉を耳にして、冷静な正孝は、正儀のことが気になって仕方なかった。そして、親房が立ち去り、正行と正氏が話し込んでいる時を狙って、正孝は正儀に話し掛けている。

「ところで、正儀殿は、どのような世の中が良いと思われますか?」

正儀は迷いなく答えた。

「戦のない平和な世の中でございます」

正孝は、その言葉に大きな未来への希望を感じ取るのであった。

六段目「忠義と忠臣」

場面一

北朝暦の建武五年、南朝暦の延元三年（一三三八）八月、京の御所では、足利尊氏に征夷大将軍、足利直義に尊氏に次ぐ左兵衛督（さひょうえのかみ）の位を与える儀式が執り行われていた。

この年の五月に北畠顕家、七月に新田義貞と、吉野方の総大将二名が討死し、足利方も兵を退いたため、吉野方も今は落ち着いており、一時的な平和が訪れている。

尊氏は征夷大将軍などという官職は要らないと固辞していたのであるが、直義がどうしても自らの地位を明確にしたいとの意向を示して譲らず、尊氏が弟の意見に折れた形による、不承不承の将軍就任なのであった。

そんな宴席で、互いにバサラ大名として意識し合っている高師直と佐々木道誉が、競うような派手な衣装を着て話している。

「師直殿、堺の野田城が面白いそうですな」

「私が直接見た訳ではありませんが、塩谷高貞殿からの報告によると、なんとも不思議なことが幾つも起こったそうです」

「その野田兄弟とやらと、一度会いたいものですな」

「そうですな。そんな有望な若者たちが足利方に寝返ってくれれば、ますます我々は安泰になります」

「城内には蒙古兵がいるとのこと、興味があります」

「では、そこに塩谷高貞殿がおられるので、尋ねてみましょうか」

そして師直が、向かいあたりの席に座っている塩谷高貞に目をやってから、はっとしたような顔をして道誉に言う。

「道誉殿、あの高貞殿の隣に座っておられるご婦人をご存知ですか？」

高貞の横には、明らかに人目を惹くような、際立って美しい女性が座っている。

「あれは高貞殿の奥方で、顔世と申されるお方ですな」

「この師直、恥ずかしながら一目惚れいたしました」

道誉は呆れたように言う。

「師直殿、またまた悪い癖が出てきましたな」

「美しきものを愛でるのは男の嗜み、悪い癖などではござらぬ。道誉殿も女性はお好きであろうに」

「私は人の妻に手を出したりはいたしませんよ。ましてや高貞殿は戦の仲間、それに顔世様は後醍醐の帝の縁戚という話ですぞ」

師直は、道誉に言い返す言葉がないようである。その後、師直と道誉は、塩谷高貞の席の方に行き、道誉は野田城での話をいろいろと聴いているが、師直の視線は顔世の方にばかり向いていることに道誉は気付いていた。道誉は、師直との別れ際にもう一度念を押した。

「師直殿、くれぐれも人の妻に気を掛けることはおやめください。ご承知ですな?」

師直は生返事でしか言葉を返さなかった。これが後の大事件に繋がるのであるが、道誉は野田城での戦いに興味を持ち、実質的な休戦中である今を狙って、堺の町で野田兄弟と会いたいと考えるようになったのである。

二条良基と碧音の兄妹は、この儀式の様子も碧鏡に記して後世に伝えるべく、少し離れた場所で観察を続けていた。

「碧音よ、塩谷高貞殿の席あたりで、野田兄弟の噂をしておるようだな」

高師直の声が大きいので、全部聞こえてきているのだ。碧音が答える。

「そのようでございますね」

「別れ別れとなってから、もう二年になる。正孝に会いとうはないのか?」

「もちろん、会いとうございます。されど今の私たちは光明の帝様に仕え、征夷大将軍となられた足利尊氏様を盛り立てるべき立場、今お会いすることで、吉野方に与されている正孝様にご迷惑が掛かってはならないと存じます」

「そうだな。まだ時期ではないか。吉野にいる姉上や叔父上のことも心配だが、今は致し方ないな」

「亀屋さんの所に、時々は正鳩さんが飛んできて、正孝様からの手紙を運んでくれていますし」

兄妹は、楽しかった堺での思い出に暫し浸っていた。建武の新政が実現する前の頃、野田兄弟、菊池兄弟そして二条兄妹の六人は、和泉屋徳兵衛の庇護の元、堺の地で家族のように暮らしていた。身分だけで言えば二条良基が圧倒的に上なのであるが、良基はそれを誇ることもなく、それまで接点のなかった武士や商人の子たちと一緒に楽しんでいた。

碧音も、町の娘たちと同じような着物を着て、自由に堺の町を歩く暮らしが当たり前になっていた。ただ、二人とも京の都の公家言葉しか知らなかったので、最初はなかなか話し掛けることができなかったのだが、良基より一歳年長の菊池武吉が、いろいろなことを親切に教えてくれた。しかし、武吉は肥後の人であったので、当時の良基と碧音の庶民言葉には肥後弁が混じってしまっていたようである。

そして武吉と野田正氏が共に碧音に想いを寄せるようになったが、結局碧音が選んだのは野田正孝であった。その後、湊川の戦いに向かった菊池武吉は戦死してしまい、二条兄妹は深い悲しみを経験することになる。

後醍醐天皇が吉野に向かった時、良基は大いに迷った。建武の新政前から後醍醐帝に忠誠を誓っていた公家は、こぞって吉野に向かったし、何よりも碧音の想い人であり、良基の友でもある野田正孝は吉野方にいるのだ。

しかし、良基には執筆中の歴史書である増鏡を完成させなければならないという使命があり、そのためには資料が揃っている京の御所を離れることができない。その時、良基は碧音に相談した。

「碧音よ。私はここに残るしかないが、碧音は堺の正孝の所に行って良いのだぞ」

しかし、碧音は答えた。

「いえ、私は兄上様と共に書を編纂する使命がございますし、何よりも光明の帝様と御一族の皆様方に生涯お尽くしするとお約束した身でもございますから、京の都に残らせていただきます」

こうして、今も二条兄妹は日々、増鏡の続編である碧鏡の執筆に励んでいる。良基は改めて碧音に言う。

「碧音には本当に申し訳ないが、今少し辛抱してくれ。必ず両朝統合の日が参るであろうから」

碧音は黙って兄の言葉を聞いていた。

その時、白い鳩が飛んできて、亀屋の背中に乗った。

「正鳩さん、来てくれたのですね」

正鳩の脚には、碧音が待ち焦がれていた正孝からの文が付けられている。

場面二

肥後国菊池城では、菊池一族が集まって軍議を開いている。足利方と吉野方が一時的に停戦となっている状況を受けて、今は九州にも一時的な平和が訪れていた。当主の菊池武重が皆に言う。

「都では足利尊氏めが征夷大将軍になったと称しておるようであるが、そんなことを認める訳には参らん。だが、これを機に足利方はこの肥後の地にも再び迫ってくるやも知れぬ」

一同は緊張の面持ちで武重の言葉を聴いている。武重が言葉を続けた。

「皆の者、いつ戦が始まるやも知れん。心がけておけ」

そして、堺から帰ってきた武光の方を見て言う。

「武光、堺での武功の話をしてやってくれ」

武光は、野田兄弟と共に戦った話をする。

「野田家は小家、野田城は小城ながら、その戦略と知略、まさに大楠公様にも匹敵するものでございました。私は初めて、双方ともに一兵も失わぬ戦を経験いたしました」

武光の話に、家中の者たちはそれぞれに驚いている。

「蒙古兵と鉄炮を使ったのか」

「まさに六十年前、第十代御当主の菊池武房様が戦われた相手の兵と武器を今に持ち込むとは、何たる知略か」

「我が菊池千本槍を見せかけで使うとは、何たる奥深き戦略か」

「堺の港に熊野水軍が駆け付けているという偽りの情報も流したとか」

「まさに計略の勝利じゃな」

「堺の商人の協力もあったそうだな」

「さらに財力の助けも借りたか」

ここで武重が言う。

「足利方の多くは恩賞目当ての烏合の衆であるが、物量に任せて攻め込んできた場合、我々も野田城の勇士たちのように、少数精鋭で戦わねばならぬ事態が考えられる。そこで本日、皆の者に示したいものがある」

武重は、一巻の巻物を取り出した。

「これは、私や私の後を継ぐ当主が討死した後も、我が菊池一族の結束を守るために制定する文書で、寄合衆内談の事と名付けようと考えておる」

　そして武重は、その内容を話し始めた。

「第一条は、天下の大事については寄合衆の内談で方針を決めるが、最後は当主が決するとしており、第二条は、通常の国務に関しては寄合衆の多数決で決め、例え当主が異なる意見を出しても、多数に従うとしておる」

　その言葉を受けて、年配の家臣が言う。

「なるほど。日常の政務などについては合議制で決定し、天下の大事については当主が責任を持って決せられるということですな」

「その通りだ。他家の現状を見るに、家中で意見が分かれてまとまらなかったり、家臣の一部に足利方に寝返る者が出るなど、人心の乱れが極まってきておる。我が菊池家は後醍醐の帝様や大楠公様の恩義に報い忠節を尽くすため、常に吉野方にあって一枚岩でなければならないと考えたのだ。皆の者、異議はないか？」

　もちろん皆に異議がある筈もなく、一同は歓声を上げて賛同の意を表している。次に武重が言う。

「これで我々の結束は固まったと思うが、まだ足りぬものがある。懐良親王様のご到着が遅れていることだ」

　後醍醐天皇の皇子である懐良親王は、この時から二年前に征西大将軍に任命されて、吉野から九州に向けて出発したのであるが、途中の伊予国忽那島（くつなじま）で足利方の勢力に阻まれ、足止めを食っているのであった。武重は言葉を続ける。

「征西大将軍様を菊池にお迎えすれば、この九州は一つにまとまることであろう。誰か、親王様をお迎えに行ってくれぬだろうか」

　その言葉に、武光がすぐに反応した。

「武光が参ります」

「そうか、心強いぞ。堺に続いて、武功を打ち立ててくれ」

　武重の言葉に、武光は決意を新たにし、今度は堺の野田正孝に戦略面での協力を仰ごうかと考えていた。

「堺の野田兄弟と和泉屋徳兵衛殿のお力を借りれば、大抵のことはできると武光は考えております」

「本当に心強いことだ」

「野田兄弟は、大楠公様のご遺児であられる正行様とも連携しているとか」

「正行様は、まだお小さいのではなかったのか？」

「いえ、正行様も、今は小楠公様と呼ばれる程にご成長なさっておられるそうです。それに正時様と正儀様という二人の弟君もおられます」

「それでは、いずれは共に都に攻め上り、帝様を御所にお返しすることも叶うであろうな」

　武重の言葉に、武光が改めて決意を述べた。

「まずは伊予国忽那島に出向き、懐良親王様をお迎えして参りましょう」

　しかし、その武光の決意は先送りにされることになる。その時、一人の菊池兵が駆け込んできたのだ。

「申し上げます。足利方の少弐頼尚の軍勢が、我が菊池城に向かって攻め込んで参るようでございます」

　武重が叫ぶ。

「すぐに迎え撃つ準備にかかれ！！」

こうして武光は菊池・稗方原の戦いに出陣し、大きな武功を挙げるのであるが、懐良親王救出作戦は実行できないまま、九州は吉野方、足利方、そしてその後は尊氏と仲違いする足利直義の勢力も加わって、三つ巴の戦いの日々を迎えることになる。

場面三

堺の和泉屋徳兵衛の店では、野田正氏、正孝の兄弟が、珍しい客と会っていた。

塩谷高貞の執事という一人の武士が、内々でお願いしたいことがあるとのことで、徳兵衛を通じて野田兄弟に接触してきたのである。後の世では自由都市として名を馳せる堺であるが、この当時から、足利方からも吉野方からも一目置かれ、戦場からは外されて自由な商売が認められる、いわば中立的な町となっていたのだ。正氏が正孝に言っている。

「足利方の塩谷高貞様の執事とか。何の用であろうか？」

「塩谷様と言えば、つい先日の合戦の相手、きな臭い話でなければ良いのですが」

さすがの戦略家である正孝も、その意図が計り知れないようである。そして徳兵衛の案内で店の奥座敷に入ってきたのは、塩谷高貞の執事で、身の丈六尺以上もありそうな偉丈夫の男であった。

「私は塩谷高貞の執事で、大星由良之助と申します」

「野田正氏です」

「野田正孝です」

野田兄弟は、どう対応していいか分からないようだ。そこで徳兵衛が仲を取り持つように言う。

「大星様は、あるお方を堺で匿い、機を見て吉野にお送りして欲しいとの願いを持って参られました。そのお方を堺までお連れする船と匿う屋敷は私が手配しますが、出雲へのお迎えと吉野方への根回しを野田家の方でお願いしたいと」

そして大星が事情を話し始めた。

「匿っていただきたいのは、我が主君・塩谷高貞の奥方の顔世様であります」

「奥方の顔世様？」

正氏の疑問に、大星が答える。

「実は、顔世様は京の都で高師直様に見染められ、しつこく言い寄られて困っておられるのです」

正孝が言う。

「高師直様ですか？分別ある立派な武将との噂ですが」

「確かに武芸や戦術に関しては冷静沈着、大変に秀でた武将ではあるのですが、唯一女性に対してだけは、何ともだらしのない人物でありまして。しかし、高貞様は高師直様の配下でもあり、表立って逆らう訳にも参らず、高貞様が顔世様を離縁し、顔世様が一人で吉野方に出奔したという体で難を逃れたいと考えられたのです。幸いにも顔世様は後醍醐の帝様の縁戚、話の筋は通るのではないかと考えております」

正孝が言う。

「なるほど、承知いたしました。亡き父と高貞様とは旧知の仲、また先日の戦の折には私どもの戦略に敢えて乗ってくださった恩義もございますので、可能な限りの協力はいたしましょう。兄上、それでよろしいですね？」

正氏にも異論はなかった。

そして徳兵衛は塩谷高貞の領地である出雲から秘かに堺に向かう船の手配をして、正氏は顔世を迎えに出雲に向かい、正孝は二条師基に事情を話して協力を求めるため吉野に向かうのであった。話を聞いた師基は、正孝に言う。

「顔世様の件、しかと承った。しかしこの際、塩谷高貞殿ご自身も吉野方に加わっていただけんものかな？」

「高貞様は、箱根竹ノ下の戦で足利方に寝返った方ですから、再び寝返るというのは如何なものかと」

「そうか。あの戦は、高貞殿の寝返りで形成が逆転したのであったな」

「そして菊池家の千本槍でもって、新田義貞様は窮地から免れられました」

「今は乱世、昨日の敵も今日は友という時代なのだから、吉野方としては歓迎なのだが」

そして師基は、少し心配げに言葉を加える。

「顔世様は帝の縁戚、吉野方に出奔したとなると、離縁したという形にするとは言え、高貞殿にも謀反の疑いが掛けられるのではないだろうか」

師基が心配したとおり、足利方では既に高師直が、塩谷高貞に謀反の気配ありと征夷大将軍になった足利尊氏と、左兵衛督になった足利直義の双方に申し立てていたのである。

師直は、実際に高貞に謀反の意思ありとは考えておらず、高貞と顔世とを引き離し、顔世を自らのものとするための方便としている面の方が大きかった。尊氏はそれを見抜いてか、師直からの訴えを聞き入れようとはしなかったが、直義は別の考えがあったようで、もし高貞に謀反の兆しあれば直ちに討伐して良しとの許可を師直に与えてしまった。この時期は、このように尊氏と直義が別の命令を下すことが度々で、幕府が開設されたとは言いながら、指揮系統の混乱が日常化していたのである。

そして師直は、内通している塩谷家の家臣から、顔世が堺を経由して吉野に逃れる準備をしているらしいとの情報を得、それを理由として直義から追討の許可を取り、出雲に向けて討伐軍を差し向けた。討伐軍とは言いながら、師直は塩谷高貞と本気で戦う気はなく、妻の顔世を差し出しさえすれば謀反の嫌疑を晴らすと言えば、高貞は渋々にでも従うだろうとくらいにしか思ってはいなかったので、普段のようなバサラ衣装のままで、出雲への道中の宿場ごとに、地元の知人などを呼んで宴などを開いていたため、その進軍は遅々たるものであった。

それが幸いして、和泉屋徳兵衛が手配し、野田正氏と数人の配下を乗せた船は、途中で嵐などに遭って、予定より大幅に遅れながらも、師直軍よりは少しだけ先に出雲の港に到着することができたのである。港で正氏一行を出迎えた大星由良之助は言う。

「野田殿、間に合って良かったです。高師直軍も間近に迫っているとのこと、顔世様も出立の準備をしてお待ちでございます」

こうして野田正氏一行は、塩谷高貞の屋敷に向かうことになった。

場面四

野田正氏は数人の配下を連れ、塩谷高貞の屋敷に入っていた。

「高貞様、お久しゅうございます。その節は戦を避けていただき、ありがとうございました」

「正氏殿、誠にもって素晴らしい戦略と戦術、痛み入り申した。武士は戦うばかりが能ではないことを、身に染みて分かった次第であります」

「あれは弟の正孝の計略でございますが、高貞様とは戦いたくありませんでしたので」

「顔世のこと、よろしくお願い奉る。これで私はもう思い残すことはない。正孝殿や和泉屋殿には、くれぐれもよろしくお伝え願います」

そこに伝令の兵が到着した。

「高師直軍、間近まで迫っております」

高貞は言う。

「もはやこれまでか。由良之助を呼んでくれ。今後の戦略を与える」

そして高貞は、大星由良之助と少し話をした後で言う。

「由良之助、顔世を港まで送ってやってくれ。師直からの追手が、港の方にも手を回さんとは限らんからな」

「承知いたしました。由良之助、すぐに戻りますので、殿はそれまでご自重の程を」

大星由良之助に介添えされた顔世は、野田正氏の配下数人と共に、港で待つ堺の船に向かうことになった。

そうしている間に、高師直軍は高貞の屋敷を取り囲んでいた。高師直軍が口上を述べるまでもなく、高貞が外に向けて大声で言う。

「高師直殿はお越しか。抵抗はせぬ故、屋敷に入ってこられよ」

師直は、高貞が観念したかと安心して答える。

「それでは入らせていただこう」

そして、師直が入って行くと、庭の両脇には家臣たちが整然と並んで控えており、その奥には白装束に身を包んだ高貞がいた。左右を見回している師直に向かって、高貞が言う。

「顔世をお探しか。残念でありましたな。顔世はおりませぬ」

その状況を見て怯む師直に、高貞は言葉を続ける。

「謀反の疑い、故なきことではありまするが、この高貞、責を負って自刃いたします」

師直は、高貞がそこまで思い詰めているとは考えていなかったので、戸惑って言う。

「高貞殿、何もそこまでなさらずとも、ただ申し開きをしていただく機会を与えよとの直義様のご命令ですから」

「いえ、一度謀反の嫌疑を掛けられた限り、どう申し開きをしようと、その嫌疑が完全に晴れるものではございません。この一命をもってしか潔白を証明する術はなきものと考えました」

想定外の大事になっていることに戸惑う師直は、つい本音を言ってしまう。

「ただ、顔世様を差し出していただければそれで良いのですが」

高貞はきっぱりと言う。

「師直殿。如何に権勢を誇る者であったとしても、人の心は動かせませぬ。顔世は師直殿のお心を惑わせた罪を背負い、一足先に旅立ち申した」

「何と！」

そして高貞は落ち着いて言う。

「この度の一件、家臣どもには関わりのないこと、罪科に問うことなきようお願い申す」

師直は、ここまで来てしまっては、今さらに退くこともできず、威厳を正して答えた。

「家臣のこと、承知いたした」

こうして塩谷高貞は、戦いを挑むことなく観念し、自害して果ててしまった。家臣は全員が、師直の顔を恨むように見つめている。師直は、その眼力に圧倒されてか、早々と席を立って屋敷を離れるのであった。

その頃、出雲の港に向かう道筋で、師直軍の別動隊が、野田正氏らと共に逃げ去る顔世を見たとの情報を得て、追い掛けてきている。それに気づいた由良之助が正氏に言う。

「正氏殿、追手が参ったようでございます」

正氏は、その事態を想定していたのか、少しも慌てていないようである。

「やはり来ましたか」

「どう戦うのですか？」

心配する由良之助に、正氏は落ち着いて答える。

「そういったこともあろうかと、精鋭を連れて参っております。彼に任せておきましょう」

そして正氏は、一人の配下に顔を向け、その者は隊列を離れて、道の脇の茂みに移動した。

こうして、後方から鬨の声を挙げて迫って来る師直軍の追手数十人は、驚くべき経験をすることになる。追手の軍勢の前後左右で次々と爆裂音が響き渡り、噴煙が一面を覆った。

「あれは？」

驚く由良之助に、正氏が言う。

「あれが鉄炮ですよ」

その後、由良之助が見慣れぬ顔の一人の兵士が噴煙の中から抜け出してきた。あのドルジであった。由良之助は、心配してドルジに尋ねる。

「あのような恐ろしい武器を使われては、多くの将兵の命を奪ってしまうのでは？」

「大丈夫です。本物の鉄炮は怖い武器ですが、あれは音と煙で脅かすだけの仕掛けになっていますから」

「それなら安心しました」

「まだまだ鉄炮は残っていますから、もっと追手が来たら、船からでも、どこからでもこの鉄炮を投げます」

こうして、顔世は僅かの時間差で堺から到着した野田正氏と数人の配下の者たちによって、和泉屋が差し向けた船に乗ることができ、師直に捕縛される恥辱を免れることとなり、由良之助は顔世の出港を見届けてから、屋敷に戻るのである。港から大星由良之助が戻った時には、既に主君の高貞は自害した後で、立ち去る師直の後姿を目にしただけであった。他の家臣が言う。

「遅かりし、由良之助！」

ここから、大星由良之助と塩谷家臣団の長い長い仇討ちの物語が始まるのである。

七段目「巨星墜つ」

場面一

南朝歴では歴応二年、北朝歴では延元四年（一三三九年）夏。吉野では、二条栄子が二条師基に話している。

「師基様、大変申し上げにくいことがございます」

「栄子には未来のことが見えるのであろう。何でも話してくれ」

「実は、帝様が義良親王様に譲位すると言っておられるのです」

「えっ、あの帝様が？」

「そうでございます。これまで常に強気で前向きであられた帝様が、ここ数日急に弱気になられまして」

「そうか、どうしたのであろうか」

「私は昨夜、大変不吉な夢を見ました。これ以上は申し上げられません」

師基は、後醍醐の帝の命の終わりが迫っていることを栄子が予言したのだと捉えていた。

「巨星墜つる時が来たのか・・・」

暫く黙り込んでいた師基であるが、独り言のように言う。

「次の帝様となられる義良親王様はまだ十二歳、このままでは北畠親房様の勢力がますます拡大することになるな」

義良親王は幼い頃に、今は亡き北畠顕家に連れられて東北に赴任し、つい最近も北畠親房と共に東北に向かう途上で海難に遭って吉野に戻ってこられたばかりであり、親房を父のように慕っている純朴な少年なのである。また、義良親王は、兄とも父とも思って慕っていた北畠顕家を討ち取った足利方を深く恨んでおられる様子で、好戦派の公家や武士が若い新帝を担ぎ上げて勝手な行動を取る懸念もあるし、一代の英雄であった後醍醐の帝亡き後、その混乱を狙って足利方がどのように動いてくるか分からないと師基は考えていた。

師基が言う。

「帝様がお隠れになった後は、両朝統合の好機ではあるが、一方で吉野方にも足利方にも戦いを好む者たちがおり、迂闊な行動に出ることも考えられるので、和戦両面で戦略を施しておかねばならんな」

栄子が言う。

「師基様、良基とお会いになって相談されてみては?」

栄子の弟であり、師基の甥でもある二条良基は、京の都に残り、今では光明天皇と光厳上皇の側近として、また足利尊氏からの信頼も厚く、足利方の中枢を担う存在となっているのだ。

「そう言えば、もう三年近く会っておらんな。しかし、同族とは言え今は敵と味方、帝様の御症状を明かす訳にもいかんしな」

栄子が提案する。

「それでは、帝様の御症状は伏して文をしたため、中立の地の堺でお会いになっては如何でしょう?」

「そうじゃな、和泉屋の奥座敷であれば人目に付かぬな」

そこで栄子が言う。

「碧音も堺に連れてくるよう、良基にはお伝え願えれば」

師基は、栄子と良基の妹である碧音の想い人が堺にいる野田正孝であったことを思い出した。

「そうであったな。碧音も三年間、淋しかったであろうから、良い機会であるな」

こうして師基は、京の都と堺の和泉屋徳兵衛に密使を送り、密談の準備にかかることになった。そして師基からの密書を受け取った良基は、何か文に書かれていない事実があるのではないかと感じ取り、碧音を呼んで策を相談している。もちろん、碧音の横には亀屋が控えており、何かを期待するような仕草をしている様子である。

「碧音よ。叔父上から両朝統合のための和睦交渉をしたいとの文が来たのだが、何か不審なものを感じるのだ」

そして碧音は、その文を読んで言った。

「おそらく後醍醐の帝様の身辺に何らかの変化があったのではないかと思われます。さすがに叔父上も文には書けなかったのでございましょう」

実は、碧音も姉の栄子と同様、他人が見えない世界を見ることができる能力を持っているのである。

「姉上と碧音との間でのみ通じている世界があるのであろうな」

「そうかも知れません」

「そうか、分かった。つまり叔父上は、後醍醐の帝様の次の代での統合を視野に入れて、和睦の話をしようとしておられるのであろう」

「光明の帝様や光厳の上皇様も、それに尊氏様も、後醍醐の帝様との和睦を望んでおられますから」

「確かに。聞くところによると、皇太子の義良親王様は足利家を恨んでおられるそうであるから、吉野方の好戦派の者たちが勢い付く前に手を打っておく必要もあろうし」

「今は北畠親房様が義良親王様を押さえてくださっているとのことですが、親房様もご高齢ですから、親王様が御即位された後では交渉は難しくなるかも知れませんね」

「それなら、今の時点で私が堺に行くのも一つの方法であるな」

堺という言葉を耳にして、碧音の表情が少し変わり、また亀屋も反応を示したことを、良基は見逃しておらず、言葉を続けた。

「姉上様が、碧音も堺に来てはと言っておられる。一緒に行くことにするか？」

しかし、碧音はきっぱりと言った。

「兄上様と姉上様のお気持ちは有難くお受けいたします。しかし、今は私の個人的な感情で動く時ではないと存じております。もし堺で正孝様とお会いされることがあるなら、碧音は元気で暮らしているとお伝えくださいませ」

良基は、碧音の言葉を聞いて、一日も早い両朝統合を実現しなければならないと思った。

「では、碧音の代わりに亀屋を堺に連れていき、正孝と正氏に合わせてやることにしよう」

碧音の横では、亀屋が喜んでいるような表情を見せていた。

場面二

その頃、京の足利屋敷では、足利尊氏、足利直義兄弟が、佐々木道誉と密談をしていた。道誉が吉野方に関する有力な情報を得たとの話を持ってきたのである。最初に直義が言う。

「道誉殿、大変申し上げにくいのだが、そのバサラ衣装、何とかならんのか？」

佐々木道誉は高師直と並んで、バサラ大名と呼ばれる派手好みの性格で、競うように派手な衣装や大袈裟な言動をするのが日常であり、質実剛健を旨とする直義とは全く意見が合わない。

「これは私の主義でございますから、例え直義様のご命令であったとしましても、譲るつもりはありません」

「しかし、周囲の目というものがあるし」

そこで尊氏が直義の言葉を止める。

「まあ良いではないか。道誉殿のお力がなければ我々の政は進まぬのだから」

直義も渋々ながら了承し、道誉の話が始まった。

「私の居城があります近江の程近くに甲賀の里という場所がございまして、そこに住む一族の中に忍びの術の使い手がおります」

「忍びの術か」

直義は信じていない感じである。道誉は続ける。

「実は、我が配下にも甲賀の者がおり、かねてより吉野に潜入させていましたのですが、その者からの情報によりますと、後醍醐の帝様のお体に異変があり、帝位を義良親王様に譲られる準備を進めておられるとか」

尊氏も直義も、その言葉に驚く。

彼らにとっての後醍醐天皇は、今は敵方ではあっても、常に大きな存在として君臨しており、その人の存在が消えるなどということは想像すらしていなかったのである。しかし、考えてみれば後醍醐の帝も既に五十歳を過ぎ、いずれは崩御される日が来ることは見越しておかなければならなかったのだ。まず直義が言う。

「兄上、いよいよ吉野方に攻め入る好機が訪れますな」

しかし、尊氏はまだ感慨に浸っているようだ。

「直義よ、慌てるな。考えてもみよ。我々の今があるのは後醍醐の帝様の皇恩あってこそなのだぞ」

「それはそうであるかも知れませぬが、今の吉野方は我々から見れば不倶戴天の朝敵、そもそも我々は認めていない帝様なのですから、その存在がなくなるなら、討ち果たすには良い折かと」

「そうは言うが、光明の帝様も後醍醐の帝様が都に戻られたら、義良親王様に皇位を一旦は譲っても構わぬと言っておられるのだぞ。その義良親王様が吉野で御即位されてしまうと、とても複雑な状況になる」

そこで佐々木道誉が策を上奏する。

「私は、後醍醐の帝様の崩御を機に、吉野方から不平分子を取り除いた上で統合する好機と考えております。光明の帝様には名を捨てて実を取っていただく策を講じていただきたく存じます」

尊氏は、道誉の提案に乗り気である。

「そうか、さすがは道誉殿。我々も吉野方も戦乱に疲れておるから、本当に千載一遇の機会かも知れんな」

しかし、直義は納得していない様子である。

「兄上のそのような軟弱な態度が戦乱を長引かせておるのではないのですか。ここは堂々と最終決戦を挑んで、吉野方との決着を付ける時と存じます」

尊氏は言う。

「最終決戦を挑めば、戦力的に我々が負ける可能性はないが、敗れた吉野方には恨みが残ってしまう。人の恨みというものは、簡単には消えぬもので、往年の菅原道真公の例にもあるように、以後の政道にも悪影響を与えるものだ」

黙っている直義に、尊氏が言葉を加える。

「直義、今でも大塔宮様が夢に出てこられるのであろうが」

この時から四年前、直義は鎌倉で後醍醐天皇の皇子である大塔宮護良親王を殺害し、その恨みを受けているのである。さすがの直義も、大塔宮の名を出されると、言い返す言葉がなかった。そこで道誉が言う。

「後醍醐の帝様は、我々にとっても特別なお方でございます故、すぐに事を起こすのは如何なものかと考えます。もし御崩御の報があれば、まずは暫く喪に服した後に、和睦の申し入れをしまして、逆らう者には討伐の軍を差し向ければ良いのではないでしょうか」

「道誉殿の言われる通りと存ずる。吉野方への根回しは、我々のような武士ばかりではなく、公家衆からの方が良かろうな」

既に尊氏は心を決めているようであるので、直義も異議を申し立てることはできなかった。そこで道誉が言う。

「二条良基卿が適任かと存じます。聞くところによると良基様の叔父の師基卿は吉野方の重臣、姉上の栄子様は後醍醐の帝様の御側室とのことですから、内々での根回しには適しているかと。そして根回しを堺の地で行えば、商人の町で中立の状態にありますから、内密の交渉には向いているでしょう」

堺と聞いて、尊氏は思い出した。

「そう言えば、良基卿の妹の碧音様の想い人は、堺に住む者であったな」

こうして、二条良基が自ら言い出すまでもなく、足利方の方針として良基が堺に赴いて内密の和睦交渉を行うことになり、良基には幕府側の代理人として佐々木道誉が付き添うことが決まった。吉野方と足利方の両勢力が、堺を舞台にして今後に向けての交渉を行うという機運が高まってきていたのである。

場面三

その頃、堺では和泉屋徳兵衛が、両朝からの内密の連絡に右往左往していた。

結局、足利方からは二条良基と佐々木道誉が、吉野方からは二条師基が堺に足を運び、秘かに会う運びとなった。

二条碧音は、良基から一緒に来るかと誘われたが、政には直接に関わるべきではないとして、同行せず、自らの身代わりとして亀屋を良基に託するのであった。碧音としては、近い将来に平和が訪れて、ゆっくりと野田正孝と会うことができると考えていたのであろう。

野田正氏は、何人かの配下を連れて、万が一に備えての警備の役を担っており、正孝は佐々木道誉から過日の野田城での攻防の話を聴きたいとの要望があったので、先に和泉屋の奥座敷に到着して道誉を待っている。そして、二条良基よりも一時ほど前に、道誉は和泉屋の近くまで到着していた。

その時、突然に道誉の背後から三つの人影が迫る。

「主君の仇、成敗いたす」

抜刀して道誉に襲い掛かってきたのは、大星由良之助と息子の力弥、そして元塩谷家の家臣の千崎弥五郎であった。道誉は、振り返って三人を睨み付け、相手の顔を確認した上で、落ち着いて言う。

「人違いではないか。私は誰にも恨まれる筋合いはない」

どうやら、由良之助たちは、バサラ衣装を見て高師直と思ったようである。由良之助と弥五郎は高師直の姿を遠目で見たことがあるので、人違いと気付いて動きを止めたが、師直を知らない力弥は道誉を師直と思い込んで斬り付けてきた。

「問答無用！師直、覚悟！」

その時、警護役の野田正氏が騒ぎに気付き、駆け寄ってきて、力弥を取り押さえた。道誉は落ち着いて由良之助たちに言う。

「私の名は佐々木道誉。高師直殿とは衣装は似ているが別人だ」

由良之助を知る野田正氏は、道誉に懸命に詫びを入れた。

「道誉様、申し訳ございません。この者たちは私の知人でございまして、何か勘違いしていたようです。何卒お許しください」

道誉は、由良之助が発した言葉から、彼が塩谷高貞の家中の者で、高師直への仇討ちを図っているということに既に気付いており、由良之助たちと正氏にゆっくり言う。

「堺の町は、なかなか粋な歓迎をしてくださるのだな。気に入った。店の中に入って野田正孝殿も交えて一献傾けんかね？」

こうして野田兄弟と大星由良之助一派の三人、そして佐々木道誉の六人が奥座敷で話すことになった。最初に由良之助が道誉に頭を下げて謝罪する。

「佐々木道誉様、大変失礼なことをいたしまして、番屋に突き出されても然るべきところ、このように親切にしていただき、痛み入ります。バサラ大名が来ると聞きまして、仇の顔を一目見てやろうと考え、この堺に参りましたが、まさかもう一人バサラ大名がおられるとは存じ上げず、思わず功を焦ってしまいました」

野田正氏が道誉に言う。

「しかし、三人の刺客を迎えて一歩も引かない道誉様の胆力、恐れ入りました」

「いや、私は師直殿とは違って、人と争うのは嫌いでしてな。ところで、塩谷高貞殿の顛末をお聞かせいただけないでしょうか」

そして、由良之助と正氏は、出雲での事情を道誉に話した。道誉が言う。

「由良之助殿とやら、ご事情はよく分かり申した。高師直殿は私と同じくバサラな人物ではありますが、私よりはずっと慎重な性格なので、一人で出歩いたりはしませんよ」

道誉が話を続ける。

「実は、師直殿が顔世様に一目惚れした現場を私は見ておりまして、何度か注意をしたのですが、あの御仁は他のことはともかくとして、女性に対してだけは極めて節操がなく、塩谷高貞殿には本当に申し訳ないことであったと思っております」

由良之助が道誉に言う。

「どうすれば、主君の仇を討つことができるのでしょうか？」

道誉は、少し考えてから言う。

「ご承知かと思いますが、尊氏殿と直義殿とは意見が異なりますし、足利方も一枚岩ではなく、殊に師直殿は直義殿とは気が合わないようなので、仮にこの度の両朝統合の策が功を奏したといたしましても、いずれは相戦うことになるやも知れません。そうなれば、もし統合が叶わなかった場合、吉野方も含めて三つ巴の戦乱となります」

そこで野田正氏が尋ねた。

「三つ巴となった場合、道誉様は如何なされるのでしょうか？」

「私は戦は好みませんから、表向きはいずれかに所属するにしても、裏では間に入って収める役割に徹しますよ。まさに野田正孝殿と同じですな」

名前を出された正孝は、道誉の慧眼に恐縮している。道誉が言う。

「由良之助殿、高師直殿を討つ機は必ず参ります。私も協力しますので、いつでも連絡が取れる状態にしておいてください」

そこで和泉屋徳兵衛が口を出した。

「由良之助はんは堺に滞在してください。塩谷高貞様とも商売で縁がありましたから、恩返しですわ」

こうして大星由良之助親子は堺に滞在することになり、千崎弥五郎は各地に散らばった塩谷家の元家臣との連絡調整役を担うこととなったのである。

その後、二条良基が籠の中に入った亀屋を連れて到着した。

「良基、久しぶりだな！」

正氏と正孝の言葉に反応して、亀屋が籠をひっくり返して姿を見せた。

「これがあの亀屋か！！」

「こんなに大きくなったのか」

そこに正鳩が飛んできて、亀屋の背中に乗った。良基が言う。

「一日も早い両朝統合を果たし、碧音がここに来られるようにしたいと願っています」

亀屋は、正鳩と楽しく語らっているように見える。

その次に二条師基が到着し、和泉屋の離れにある隠れ屋で、良基に佐々木道誉を加えた三人での協議が行われ、両朝統合が実現した際の条件などについて話し合われた。

「叔父上、お久しぶりでございます」

すっかり高級公家の風格を漂わせるようになっている良基の姿を見て、三年ぶりに会う甥の成長に驚く師基であったが、静かに言葉を発した。

「佐々木殿、両朝統合は今が最大の好機かと存じます」

良基も道誉も、口には出さないが後醍醐の帝の病状を薄々は知っているので、師基の言葉を静かに聞いている。そして道誉が言う。

「ここで決まりました統合の条件、私が必ず尊氏殿を納得させまする。ただ、後醍醐の帝様には、今少しの間、ご健在でいていただきませんと、この策は練り直しとなってしまいます」

そして道誉は、師基を通じて出された統合の条件を尊氏に説明して了承を得たが、どうしても直義の納得は得られないまま、時が過ぎてしまったのである。

場面四

佐々木道誉が足利直義を説得できないままの状態であった南朝暦の延元四年、北朝暦の暦応二年（一三三九年）八月十五日、その前日に義良親王に皇位を譲っておられた後醍醐前帝が崩御された。北畠親房は前帝崩御の事実を隠しておきたかったようであるが、各所で噂になっていたようで、たちまち全国に情報が広がり、敵味方を問わず、誰もが悲しみに打ちひしがれることとなった。

室町幕府の開府以来、吉野方と足利方との戦いは小康状態であったが、局地的に争っていた両勢力も、後醍醐の帝崩御の報を知って直ちに休戦に入った。後醍醐天皇は、それ程に偉大な人物だったのである。

京の都では、光明天皇と光厳上皇を前にして、足利尊氏、足利直義、二条良基が会議を開いている。

「この尊氏、生涯で今ほど悲しい思いをしたことはございません」

涙を流し言葉を詰まらせる尊氏に対し、光厳上皇が言われる。

「私たちも同じだ。私たちが何人集まっても敵わぬ偉大なお方であったからな」

二条良基が言う。

「今こそ、不毛な戦を終わらせる機かと存じます。喪が明けるのを待って、吉野方との話し合いを再び始めては如何でしょうか？」

尊氏も、天皇と上皇も、良基の言葉に頷いている。

しかしただ一人、足利直義だけは不満げに言葉を出す。

「良基卿が言われますように、不毛な戦を終わらせる好機であるとは存じますが、我が方にも吉野方にも強硬なことを言う者が数多くおりますので、話し合いというのは難しいのではないでしょうか？」

良基は反論する。

「直義様、難しいからこそ、この機を逃しては争いが長く続いてしまい、不幸になる者が増えてしまうのではないでしょうか？」

良基の頭には、妹の碧音と野田正孝のことがあった。

しかし、直義は言う。

「争いを長く続かせないためにこそ、最後の決戦に臨んで吉野方の強硬分子を壊滅させれば、自ずと恒久的な平和が来ると私は考えております」

直義と良基の意見が食い違っているので、尊氏は困っているようである。そして、いつものように直義が兄の尊氏を責めるような口調で言う。

「では、兄上に決めていただきましょう。どうなさいますか？」

尊氏は、ゆっくり言った。

「今は考えとうない。まずは後醍醐の帝様を供養するための寺を造営しようと思っておる。吉野方への対応は、寺ができてからゆっくり考えようぞ」

直義は兄に反論したげであったが、光厳上皇が言葉を遮るように言われた。

「尊氏の申す通りにいたそう。私たちも暫くは喪に服したいのだ」

上皇のお言葉に、直義も自説を取り下げるしかなかった。

その頃、吉野では最近まで義良親王であった後村上天皇を前にして、北畠親房と二条師基が会議を開いていた。親房が言う。

「前帝様は、尊氏をはじめ足利方にも信奉者が多くおりますので、当分の間は喪に服して合戦にはならぬものと存じます。我々といたしましては、その間に次の戦略を考えておかねばと思っております」

それに対して二条師基が言う。

「今こそ足利方と和睦し、我々も京の都に戻って、昔のような両統迭立を復活させる好機かと私は考えております」

親房が言う。

「師基殿、おっしゃる趣旨は分からぬでもないが、最終的には両朝が統合するとしても、我々吉野方が体制を立て直し、力を蓄えて京を攻めれば、有利な和睦内容を得られるのではないだろうか？」

「しかし、今はもう、誰もが戦乱に疲れ切っております。特に戦に関係のない庶民が苦しんでおります」

「だからこそ、最後の決戦に臨み、平和を築き上げるのが我々の使命であると思うのだ。帝様は如何お考えでしょうか？」

そこで帝が答えられた。

「北畠顕家様からいただいたご恩、忘れておりません。尊氏らに靡く必要はないと考えます」

この言葉を聞いて、師基は吉野方からの和睦の申し入れは現段階では難しいと考えるのであった。

その頃、肥後国では菊池一族が会議を開いていた。先代当主であった菊池武重が昨年に亡くなり、後を継いだ菊池武士(たけひと)は体が弱いため、普段の政務は弟である菊池武光に任されている。武光が言う。

「偉大なる後醍醐の帝様が崩御された今、一刻も早く征西大将軍の懐良親王様をお迎えして、この菊池を吉野方の拠点としたいと思う」

懐良親王は、足利方勢力に包囲される形で伊予の国に滞在したままで数年経過している。以前に武光が救出作成を実行しようと考えたことはあるが、九州内での争いが断続的に発生しており、なかなか菊池を離れることができなかったのだ。

「私は自ら伊予に出向き、懐良親王様をお迎えして参りたいと思っておる。皆の者、異議はないか？」

武光の言葉に、家臣団は歓声を挙げている。しかし、当主の武士はあまり乗り気ではないようだ。

「今は後醍醐の帝様の喪に服すべき時、私は暫く様子を見た方が良いと思う」

武士は、当主にはなったものの、優柔不断な性格で、あまり事を起こしたくないと考えているようであった。武光は反論したかったが、亡き兄である武重が決めた『寄合衆内談の事』に拠ると、重要事項については当主が決めるということになっているので、当主である武士の言葉に逆らうことができない。武光は、思うところがあって友である堺の野田正孝に書状を記すのであった。

こうして、誰もが動きを取れないような不安定な均衡の中、大きな合戦がない数年間が過ぎていくのである。

八段目「それぞれの策」

場面一

吉野方の二条師基と足利方の二条良基と佐々木道誉が進めていた両朝統合の策が、後醍醐天皇の崩御で頓挫し、束の間の安定の中であっても、各勢力が着々と策略を巡らせていた。

足利方では、尊氏が後醍醐天皇を供養するための壮大な寺院である天龍寺の創建に注力している中、道誉が懸念していた通り、尊氏と直義の兄弟の不仲が目立ってきたし、また直義と高師直との関係も微妙な状態になりつつあった。

吉野方では、まだ若い後村上天皇と重鎮である北畠親房とが中心となって、吉野方の起死回生を図るための戦略を着々と進めており、和睦派である二条師基との距離が生じ始めている。

また、塩谷高貞の元家臣であり、今は浪人となっている大星由良之助一派も、主君の仇である高師直の動向を注視しながら、来るべき本懐を遂げられる日を待ち望んでいた。

このように、大きな戦乱こそ起きていないものの、その火種は常に燃え続けており、むしろ以前よりも複雑化した様相を呈しつつある。

そんな中、吉野方の面々を驚かせたのが、北畠親房が打ち出した、三河吉野朝の建造である。親房は従来より東北を勢力圏としており、伊勢にも拠点を置いていて、熊野水軍や肥後の菊池氏とも連携して海路の支配を重視していたので、三河湾に近い場所に新しい都を造り、もう一つの拠点にしようという構想であった。

親房は後村上天皇に奏上して、三河から近い遠江の井伊谷の井伊家に身を寄せていた後醍醐前帝の皇子の一人である宗良親王を征東大将軍に任命し、井伊家に加えて三河の足助一族を後ろ盾として中部地区での体制を整えることにした。この策は、吉野朝廷に万が一の事態が生じた際に、三河にも朝廷が存在していると足利方に主張するという目的もあったようであるが、その詳細は現代に至っても分かっていない。

このように、全国的な足利方包囲網を築き上げようとする中、吉野方が最大の期待を寄せているのが、今は亡き大楠公こと楠木正成の長男・正行、次男・正時、三男・正儀の三兄弟である。特に正行は、今では成長した姿を小楠公と呼ばれる程に父の正成と似てきて、誰もが吉野方の希望の星と考えているのであった。

しかし正行は、父の正成と同じく、情勢を冷静に分析する頭脳を持っており、今はまだ事を起こす時ではないと考えているようで、すぐに動き出そうとはしなかった。そして正行は、親房の紹介で親しくなっていた野田兄弟と何度も会っており、特に当主の正氏とは兄弟のような関係になっていた。

また、正行の弟である正儀は、野田正孝ととても気が合い、よく話し込んでいることがあるようである。彼らが会う場所は、今や自由な中立都市となっている堺の町であった。堺は以前から武具の製造場所であり、また堺の港を通じて全国各地ばかりでなく、遠くは元帝国とまで繋がっている重要な町ということから、吉野方も足利方も堺の町を戦場とすることはなく、戦乱の世の中においても、これまで平和を保ちながら独立した国家であるかのような様相を呈していた。

その裏側には、足利方の二条良基と吉野方の二条師基という堺と縁のある有力者が両朝に存在していたこともあるが、和泉屋徳兵衛という双方と相通じる大商人が店を構えていたということも見逃すことができない。

　また、そう遠くない位置に摂津国一之宮と呼ばれている住吉大社が存在しており、参拝という口実が使えることもあって、吉野方も足利方も関係なく、多くの人々が堺には出入りしていたのである。堺の町にある和泉屋の奥座敷で、野田正氏は楠木正行に話し掛けている。

「正行様、そろそろ挙兵の時期ではないかと考えるのですが。吉野方の誰もが楠木家に期待しております」

　その言葉に、正行は慎重に答える。

「私は、今はまだ、その時期ではないと考えております。亡き父は、不利な状況と分かりながら湊川に出陣し、多くの犠牲を出してしまいましたが、父は私を桜井駅で引き返させて、戦地に向かわせませんでした。ですから、正氏殿の御父上も含めて、湊川で無念の最期を遂げられた方々のためにも、敗れる戦はしたくないのです」

「我が父にまでご配慮をいただき、恐縮です。しかし私は、大楠公様と共に討死した父を、心から誇りに思っております」

「こちらこそ、恐縮です」

「私の親友だった菊池武吉という者も、湊川で散りました」

「それならますます、私たちは生き残らねばなりません。亡き父からは、命が尽きる最後の日まで帝様に忠節を尽くせと、母からは生き抜くことこそが忠節であると教えられました」

　実際に楠木正行が兵を挙げ、野田正氏が楠木軍に従軍するのは、この頃から六年ばかり先の話である。

一方、野田正孝は楠木正儀と話をしていた。正儀は、楠木三兄弟の中でも異彩を放つ存在であり、その明晰な頭脳には誰もが一目置いていて、正孝は正儀を実の弟のように可愛がっているのである。

「正儀殿、堺の町は楽しいでしょう」

「そうでございますね。ここだけは敵も味方もない、自由な空気が流れているように感じます」

「その通りです。佐々木道誉様をはじめ、足利方の心ある武将の方々も、時にはこの和泉屋を訪ねておられます」

「そうなのですか。道誉様と言えば、以前に正孝様からお聞きしました、高師直様と間違えられて斬り付けられた話を思い出します」

「真の豪傑というべき人物ですね。あの方は、足利方の中で最も信頼の置ける人物であり、これからも両朝統合のために動いていただけるものと思っております」

「正孝様は、どのようにして両朝統合を実現すべきとお考えですか？」

正孝は暫く考えてから言う。

「吉野方にも足利方にも戦を好む者たちが少なからずおりますので、一度は戦になることが避けられないかも知れませんが、それを如何に小さな被害で抑えて和睦し、両朝統合の話に持ち込むかでしょうな」

正孝と正儀は、以後もずっと長きにわたって両朝統合を模索し続けるのである。それぞれに話している四人を和泉屋徳兵衛が静かに見守っていた。

和泉屋は、堺に店を構える武器商人の一部が、吉野方と足利方の両勢力に見境なく武器を売っている現状が、戦を長引かせているのではないかと考え、武器を売る際の組合への届出制などを作ったりしているのだが、抜け駆けする者なども出てきて、なかなか成果が挙がらないので、最近では武器の製造から包丁や農機具などの製造に転換させる取り組みに入っている。

「戦って得られるものよりも、平和であってこそ得られるものの方がずっと大切だと思います」

徳兵衛は、楠木兄弟と野田兄弟に、名物くるみ餅を振る舞いながら、語っている。

場面二

楠木兄弟との話を終えて野田城に帰ってきた野田正孝に、肥後の菊池武光から書状が届いていた。その内容は、伊予国忽那島に軟禁されている、後醍醐天皇の第十六皇子であり、征西将軍である懐良親王を救出して肥後の菊池城に迎えたいのだが、菊池家当主の武士が乗り気でないので、武光自身で動くことができず、正孝に何か策はないかとの相談であった。

正孝から話を聞いた正氏は、すぐにでも忽那島に向かおうと言い出すが、正孝は慎重に考えていた。

「兄上、今は久方ぶりに世情が安定し、民たちも安心している状況ですから、ここで足利方と事を起こすというのは、必ずしも得策ではないのではないでしょうか」

「それはそうだな。しかし、武光は我々の知略に期待して文を寄越したのであろうから、何か考えてやらないと」

そして、正孝は暫く考えてから言う。

「確か昔、後醍醐の帝様が隠岐島に流刑になられた際、名和長年様の知略でもって、戦わずして島を脱出されたとお聞きしたことがあります」

「そうであった。亡き父上が、よく話しておられたな。そう言えば隠岐には程近い出雲の塩谷高貞様も関わっておられたとか聞いているぞ」

「では大星由良之助殿に助力を願いましょうか」

そして正孝は、大坂で潜伏中の大星と連絡を取り、堺で会うことにした。大星は言う。

「顔世様の件でも、佐々木道誉様との件でも、本当にお世話になり申した」

「いえいえ、私どもも大星殿に御本懐を遂げていただけるよう尽力してはおりますが、なかなか機会に恵まれず、申し訳なく思っております」

そして正孝は大星から、配下の千崎弥五郎が、まさに隠岐島での後醍醐天皇脱出の際に、塩谷家からの指示で直接に関わっていたと知らされた。大星が言う。

「このお話、いつか御恩をお返ししようと願っておりましたので、渡りに船でございます。千崎をはじめ、私どもが皆で協力させていただきます」

こうして、まず千崎弥五郎を頭とする大星一派の数人が忽那島に潜入し、懐良親王の現況などを報せてきた。四年程前に忽那島に到着された親王は、そのまま九州に下向される予定のところ、足利方が瀬戸内海を制圧してしまったため、島の中で軟禁状態になっておられるらしいが、最近では戦も起きていないことから警備も緩くなっており、港までお連れすることは難しくないらしい。

しかし問題は、まだ足利方が瀬戸内海を制圧していることで、吉野方の船を迎えに差し向けることはできない。そこで正孝は、出雲の時と同じく、和泉屋徳兵衛の力を借りることにした。話を聞いた徳兵衛は言う。

「ちょうど、私の商売で堺から薩摩に向かう船が近々に出航しますから、途中で忽那島に立ち寄るようにしましょう」

「それは助かります。和泉屋さんの船なら、足利方も疑うことはないでしょう」

「親王様には、申し訳ありませんが、積み荷に紛れていただきますけど」

こうして、野田正孝と大星由良之助が、ドルジを含む数人の配下と共に、商人の姿に化けて和泉屋の船に乗り込んで忽那島に向かった。島では既に潜入している千崎弥五郎ら数人が、和泉屋から預かった金で島の役人を買収するなどして、親王の居所の近くで船の到着を待っている。そして、和泉屋の船は深夜に港に到着した。

船からは正孝と由良之助など数人が、大きな長持ちを駕籠のように前後で支えて持ちながら、暗闇に紛れて上陸し、親王の居所があると聞いている場所に走る。千崎らは、事前に打ち合わせをしていた通り、親王を寝室から誘い出して、由良之助らとの合流場所に走る。

こうして、懐良親王は長持ちの中に隠れて和泉屋の船の中に運び込まれ、ドルジが鉄炮を投げるまでもなく、無事に忽那島を脱出することができたのである。船は当初の予定通り薩摩に向かい、薩摩の港には菊池武光が迎えに来ていた。

「正孝、久しぶりだな」

四年ぶりとなる親友との再会であった。

「武光、暫く見ないうちに随分と貫禄が出たな」

正孝の軽口に、武光は笑って答える。

「兄者が弱気者なので、弟がしっかりせねばならんのだ」

「野田家とは逆ということか」

軽口で返す正孝であるが、もはや一族の中心となりつつある武光の苦労を思いやっていた。

こうして懐良親王は九州に上陸したのであるが、菊池家の当主である菊池武士は、武光に対して懐良親王の救出を許しておらず、また菊池家の領地である肥後も、今は足利方との戦いが断続的に繰り返されている状態であるので、すぐに肥後に親王をお移しする訳にはいかず、暫くは薩摩に仮の行宮を作って滞在していただくこととなった。

しかし、武光が裏で動いているとは知らぬまま、征西将軍の懐良親王が遂に薩摩に上陸されたとの報を受けて、菊池家は大いに盛り上がり、足利方との戦局も有利な流れになってきたと言われている。

薩摩の行宮で、武光が正孝に話している。

「俺は大きな夢を描いているのだ」

「何だ、聞かせてくれ」

「この九州を独立した国にする」

「それは凄いな。どうやって実現するのか？」

「港で懐良親王様のお姿を見た時に直感した。この征西将軍様を擁して大宰府を都にすれば、一つの立派な国が出来上がるのではないかと」

そして武光は、正孝に対して九州王国の構想を語るのであった。

「一つの国の中に帝が二人おられるから不毛な争いになるのだ。だったら国を分けてしまえば良いのではないか」

正孝が答える。

「確かに武光の言う通りなのかも知れん。両統迭立と言うが、そうではなく、それぞれが帝となれば良いのだからな」

「その通り、我が九州王国は懐良親王様とそのお血筋を帝として奉るのだ。実は新たな国の名前と帝様の呼び方も決めているのだ」

驚く正孝たちに向かって武光は言う。

「かつて聖徳太子様が日出処(ひいずるところ)と呼ばれたことに因んで、新たな国名は日本国、帝は日本国王だ」

傍で聞いていた大星由良之助たちは、その壮大な発想に圧倒されていた。

後で大星は千崎に対して語っている。

「菊池武光様の話を聴いていて、何と大きなことを成し遂げようとされているのかと感服いたした」

そして大星は言う。

「その通りでございますな」

「天下国家を動かそうとされている菊池様と比べて、我々が成し遂げようとしていることに如何程の意味があるのであろうか」

主君の仇を討つことだけを考え続けてきた大星由良之助一派にとって、この経験は貴重なものとなるのである。

場面三

懐良親王が忽那島を脱出された頃、京の都では大事件が起こっていた。

美濃国の守護である土岐頼遠(ときよりとお)は、かつての後醍醐天皇による鎌倉討幕に協力し、その後も足利方の有力武将として北畠顕家の大軍と勇敢に戦うなど、誰もがその功績を認める存在であり、また当時に流行していたバサラ大名としても名を成していた。

そんな頼遠であるが、同じバサラ大名でも佐々木道誉や高師直とは違って、酒癖が悪いことが欠点であり、酒が入った時には傍若無人な振る舞いをして、周囲をハラハラさせることも度々であった。

ある日の夕方、しこたま酒を飲んで上機嫌の頼遠は、馬に乗って屋敷に帰る途中、何台かの牛車を連ねた行列と出くわした。頼遠に同行していた数人の者は、その行列の主が誰であるかをすぐ察して、下馬して道を譲り、行列を見送ろうとした。しかし、酔っている頼遠は、下馬することもなく、行列の従者に注意されたことに逆上してしまい、口論となった。

「この土岐頼遠様に向かって下馬せよとは、何たる無礼！貴様たちは何者か？」

その言葉に、従者が答える。

「畏れ多くも光厳院様の行列であるぞ」

この行列の主は光厳上皇だったのだ。

頼遠に同行している者たちは、大慌てで頼遠を下馬させたが、頼遠は上皇の行列に跪くことをせず、こう言い放った。

「院の行列だと?それとも院ではなくて犬か?それなら射落としてくれるわ」

そして頼遠は、馬に積んでいた弓矢を取り出して、事もあろうに上皇の車めがけて矢を射たのである。さすがに頼遠の周囲の者たちが全員で止めたので、それ以上のことはなく頼遠は連れ帰られたが、その翌日、上皇側から足利直義にその話が伝えられたので、大変な騒ぎになってしまう。

その頃は、征夷大将軍である尊氏から日常の政務を全て任されている立場であった直義は、頼遠の処分をどうすべきか迷ってしまい、二条良基に相談することにした。

「良基卿、この度の沙汰、どのようにいたすのが良いのでありましょうか?」

良基も迷っている。頼遠が足利方にとって重要な人物であるのも分かっているものの、さすがに上皇の車に矢を射たとなると、重い処罰をせざるを得ないのであるが、まさに前代未聞のことであり、何とも判断が付かない。

「直義殿、この沙汰は慎重に進めませんと、この先に禍根を残すことになりかねません。とりあえず頼遠殿をお呼びして釈明していただきましょう」

「そうですな。本人から上皇様に詫びを入れさせまして、酒の上の過ちであったと穏便に済ませることができれば、最も傷が軽く収まるでしょう」

そして直義は、土岐邸に使いを出すのだが、目が覚めて正気に戻った頼遠は、さすがに只では済まないと思ったのか、すぐに都を出立して美濃国に帰ってしまっていたのである。そのことを知った直義と良基は困り果てている。良基が言う。

「もし頼遠殿が美濃に出奔されたことが知れると、謀反の疑いが掛けられるでしょうな」

「このことが吉野方に知れると、さらに面倒なことになります」

「まずは早馬を美濃に飛ばして、頼遠殿に都に戻られるよう促されては？」

こうして、頼遠が帰還する前に直義からの早馬による召喚状が美濃に届いたので、頼遠の家族や親族などが頼遠を説得して、都に戻らせることには成功した。直義が良基に言う。

「こうなった以上、頼遠殿には罪を受けていただくしかないでしょうな」

そこで良基が一枚の書状を取り出して言う。

「実は本日、このような書状が届きまして」

直義は、受け取った書状を見て驚いて言った。

「これは、夢想国師様からの助命嘆願ではないですか！」

夢想国師とは、僧名を疎石と言う臨済宗の僧侶であるが、足利尊氏・直義兄弟が深く崇敬しており、天龍寺の建立などにも関わっている有力者である。頼遠は、夢想国師の力を借りれば、罪を減じられると考えたのであろう。

「困りましたなあ」

直義のつぶやきに、良基は答えた。

「夢想国師様とは歌会などで何度かお会いしたことがありますので、私が話をしに参りましょう」

夢想国師は作庭家としても有名で、現在では世界遺産となっている天龍寺の庭園などを設計しており、二条良基の連歌や世阿弥の能楽と並んで、この時代に始まった『わび・さび・幽玄』という日本の美の基準を形成した人物の一人なのである。

良基は夢想国師に会いに行き、頼遠の処分についての同意と理解を得ることには成功した。しかし、直義と良基には、次の課題があった。足利方の有力な武将たちから、何通もの頼遠への寛大な処置を求める嘆願書が届くようになったのである。頼遠は、粗暴ではあるがバサラ大名らしく人付き合いも気前も良くて、それなりに人気の高い人物だったのだ。また、実はなかなかの教養ある文化人という一面もあり、勅撰和歌集にも何首かが選ばれているなど、良基にとっても頼遠の才能を認めるべき部分があった。

良基の困り果てている様子に気付いた妹の碧音が言う。もちろん、碧音の横には亀屋が控えている。

「上皇様に失礼を働いたのは、人ではなく酒なのではないのでしょうか?」

「なるほど。確かにそうだな。では頼遠殿を罰するのは致し方ないとして、土岐家自体は無関係という沙汰も有り得るか」

「上皇様へのおとりなしは、私もお手伝いいたします」

碧音は、普段から上皇とは近い位置にいるので、その役割には適している。こうして良基は直義に提案する。

「頼遠殿の処分は致し方ないとして、土岐家は無傷で存続させるという策は如何でしょうか？」

「なるほど、あくまでも人ではなく酒の仕業であるということですな」

「はい、その方向で上皇様にもご納得いただいております」

「碧音様のお力もあったのですね」

「その通りです」

こうして、土岐頼遠は罪を一身に被って命を落とすことになったが、土岐家は存続することになり、後に後光厳天皇が難を逃れて土岐に身を隠し、そこを二条良基が訪れるなど、良好な関係を続けられることになったのである。

九段目「菊水の旗印」

場面一

ある日、楠木正行は野田正孝と一緒に、堺から住吉大社に向かう道を歩いていて、前方から女性の悲鳴が聞こえてくることに気付いた。二人が駆け付けてみると、数人の屈強な男たちが、若い女性を拉致しようとしている様子である。

「乱暴はやめろ！」

相手が軽装の二人の若者だけと見たか、男たちが言う。

「若造は引っ込んでろ。怪我をするぞ」

正行たちは、その言葉に答えるまでもなく、男たちに襲い掛かって、あっという間に叩きのめしてしまい、男たちは蜘蛛の子を散らすように逃げ去ったが、正孝はその中の一人を取り押さえていた。

正行は、道端に倒れ込んでいる女性の姿を見て、驚きの声を上げる。

「まさか、弁の内侍様？」

弁の内侍とは、かつて後醍醐天皇の忠臣であった日野俊基の遺児であり、今は吉野で帝の侍女として働いているが、天下の美女としても有名な存在であり、正行も一度だけその顔を拝む機会を得て、その美貌に感銘を受けていたのであった。

正行が弁の内侍を助け上げている間に、正孝は取り押さえた一人の男に尋ねている。

「高貴な女性と分かった上で、どうして狼藉を働いたのか？」

男は黙っているが、正行たちを無名の若侍と見て侮ったのか、居丈高に言った。

「田舎侍の分際で、我々を誰と思ってそんな口を聞くのか」

その言葉を聞いて、正孝は男たちの身元を確かめてやろうと考えて、わざと話し方を変える。

「それは大変失礼いたしました。私たちも宮仕えの身、我が主君に関わりのある方であれば、お詫びをせねばなりますまい」

すると男は、意を得たりとばかりに言う。

「驚くなよ。我が主君は高師直様だ」

「高師直？」

正孝は驚いたが、落ち着いて聞いてみた。

「高師直様が、どうして女性を連れ去ろうとされるのか？」

「そ、それは言えん」

正孝は、どうやら師直が弁の内侍の美貌を垣間見る機会があり、自分のものにしたいと考えたのではないかと感じ、心の中で思っていた。

「塩谷高貞様との悶着もあったというのに、懲りぬ御仁だな」

そうしている間も、正行は弁の内侍と呼ばれる女性を落ち着かせるためか、しきりと話し掛けていたが、高師直という名を聞いて、男に言う。

「高師直の配下とやら。見逃してやるから、帰ったら主君に伝えよ。今後も弁の内侍様に手を出そうとするなら、この楠木正行が許さんと」

楠木という名を聞いて、男は恐れをなして一目散に逃げ去ってしまった。正孝が言う。

「名乗ってしまって大丈夫だったのですか?」

「高師直は、女癖の悪さで足利方でも評判が悪いらしいですから、物笑いの種にされるだけでありましょう」

しかし、このことが後に大きな災いに繋がってしまうのであるが、今は誰もそれには気付いていなかった。

その後、正行は弁の内侍が住む吉野朝廷に通い詰めるようになり、内侍も正行の訪問を楽しみにするようになってきて、やがてそれを二条師基が知ることになる。

「正行殿、高師直殿の配下の者と一悶着あったとか」

「はい、お恥ずかしい限りですが、その通りでございます」

師基は、少し話し難そうに言う。

「実は、高師直殿から書状が来ておってな。家臣が楠木正行に暴行されたので、適切な処分を望むと」

師直の家臣らしき男に自分の名を名乗ってしまったことを悔いる正行に、師基は言葉を続けた。

「弁の内侍様から事情は聞いて、事の仔細は承知しておるから、書状は無視しておるが、師直殿は執念深い男であるらしいから、身辺には気を付けられるように」

「恐縮に存じます」

そして師基は言う。

「実は、足利方が機を見てこの吉野に攻め込もうとしているという情報があり、どうやら師直殿が謀の中心らしいという」

師基の言葉に、正行は気付いた。

「なるほど、私への嫌疑を吉野攻略の理由の一つにしようということですか」

「もしかすると、そうかも知れん。何が起きるか分からんので、楠木家も有事への準備をしておくように」

そして師基は話題を変えた。

「ところで正行殿、貴殿と弁の内侍様のこと、帝様もお気付きになり、妻とするなら許諾すると言ってくださっておられるぞ」

その言葉を聞き、正行は天にも昇る喜びを押し隠して言う。

「身に余る光栄なお話でございます。しかし私は帝様を守護すべき楠木家を取り仕切る者、今は身を固める気持ちはございません」

師基は、それが正行の本心なのか否かは考えないことにしようと思っていた。

その翌日に、別の所用で野田正孝と会った正行は、自分の悩みを打ち明ける。

「正孝殿、私はどうすれば良いのでしょうか？」

正孝は、自分と二条碧音との関係にも思いを馳せながら答えた。

「確かに、今の時代は明日の命すら分からぬ情勢ですから、個人の願いを叶えることを優先することはできますまい」

「それはそうですね」

ここで正孝は言う。

「そうは申しましても、人は生きていてこそ価値のあるものです。何とか争いのない世界を作り上げまして、正行様の想いが叶いますよう、互いに尽力いたしましょう」

その言葉を聞いて正行は、ある決意を固めたのである。

場面二

その頃、足利直義と佐々木道誉が、高師直からの上奏に対する評議をしていた。師直は直義に対して、自分の配下が楠木正行に辱めを受けたことを針小棒大に申し述べ、これを機に吉野方を攻めるべきと言ってきているのである。そのことを直義から聞いた道誉は、落ち着いて言う。

「直義様、この件、私が配下の甲賀者に調べさせましたところ、師直殿が吉野方に仕える美貌の女官に横恋慕したのが原因ということでございます」

直義は、その事実を知らなかったので驚いている。

「そうなのですか。全く思いもしませんでした」

「そして、師直殿は配下を使ってその女性を奪おうとした際に、楠木正行に妨害されたらしいのです」

「逆恨みということですか」

「あの御仁は、そういう人ですから」

直義は、ふと頭に思い描いたことを道誉に言う。

「まさかとは思いますが、その女官を奪うために吉野を攻めようと考えているのでは？」

「さすがの師直殿も、そこまで愚かとは思いませんが」

「しかし、以前にも塩谷高貞殿の奥方に横恋慕して、出雲まで攻め入ったことがありましたな」

道誉は、塩谷家の遺臣である大星由良之助一派と縁あって通じており、この話題は避けたかったので、話を逸らそうとしている。

「先日の土岐頼遠殿の件に続き、同じバサラ大名としまして、お恥ずかしい限りでございます」

「その点、道誉殿は品行方正、バサラ大名の鏡ですな」

「いえいえ、私は彼らと比べれば、周囲に多少の配慮ができるというだけでございますよ」

そこで直義が道誉に問う。

「ところで、その原因はともかくとして、師直殿が率先して兵を挙げてくださるそうですし、私はこれを機に吉野攻めを始めてはと考えているのです。道誉殿のご意見を伺いたい」

道誉は即時に答えた。

「いずれは吉野攻めの機が訪れるといたしましても、楠木正行率いる楠木軍は侮れませんし、また楠木三兄弟は庶民に大変な人気がありますから、何らかの正当な理由などがないと、無策に攻めることは難しいでしょう」

「確かにそうですな。楠木軍と戦うには、もっと周到な準備が必要かも知れません。しかし、師直殿は自分の軍だけでも出陣すると息巻いておりまして」

「それはなりません。如何に師直殿の軍勢が勇ましくとも、準備が整わない段階で先走りすれば、まさに楠木軍の術中にはまってしまうかも知れませんぞ。師直殿には、今少し待つようにご指示ください」

　そこで直義は、あることを思い付いた。

　実は、直義は以前から、尊氏の執事であるという威光を笠に着て傍若無人な振る舞いを重ねる高師直とは気が合わず、特に最近では師直が直義を無視して勝手なことをするようになっており、いずれは懲らしめてやらねばならぬと考えていたのだ。そして、道誉には伝えることなく、師直に対して兵を集めて吉野攻めの先陣を切れとの連絡をした。

　直義は、まずは師直軍だけに吉野攻めを敢行させて楠木軍と戦わせ、両者が疲弊した頃に、じっくりと準備を重ねた本隊を送り込めば、師直の勢力を削ぐことができ、あわよくば師直自身も討たれるかも知れず、師直軍が勝っても負けても、いずれにしても自分に利益があると考えているのであった。

　一方、和睦を望んでいる道誉は、戦に突入してしまう前に、吉野方との交渉を開始しておかなければならないと考え、二条良基を訪ねることにした。

「良基卿、高師直殿が吉野攻めの準備を始めているようでございます」

「それは厄介なことになりますな」

「直義様には、今暫く待つようお願いしておきましたが、直義様も本音を言えば吉野攻めをしたいようですから、そう長くは待てないでしょう。今の間に吉野方との和睦の交渉を始めませんと、取り返しの付かないことになるやも知れません」

「そうですな。早速、叔父の師基に連絡しましょう」

しかし、良基が吉野方に連絡する前に、直義は師直に対して吉野攻めの許可を下ろしてしまったのである。高師直軍出陣の情報は、すぐに吉野方に齎されることとなり、吉野方の軍事の指揮を執っている北畠親房は、直ちに楠木正行を吉野に招集した。

「いよいよ貴殿の出番が来たようだ」

正行は、高師直の出陣には、弁の内侍を助けた自らの行為が原因の一つとなっているらしいことに気付いていたので、覚悟を決めて言った。

「承知いたしました。敵が如何に多勢であろうと、この正行、打ち破って参ります」

「さすがは大楠公の嫡子、よくぞ申した。頼りにしておるぞ」

親房が立ち去った後、弁の内侍が正行の前に現れて言う。

「正行様、何卒、この度の出陣は思いとどまってくださいませ」

内侍は、自分を助けたために正行が戦地に向かう日が早まってしまったことを後悔しており、また女性の直感として、正行が二度と戻ってはこないのではないかと思っていたので、何としても戦場に行かせたくないのであった。しかし正行は言う。

「これが楠木家に生まれた宿命であると思います。もちろん私は勝って帰ってくるつもりではありますが、もし万が一、この吉野が高師直軍に攻められるようなことがありましたなら、堺の野田兄弟を頼ってください」

「どうしても行かれるのですね」

内侍は正行の決意の表情を見て、それ以上に引き留めることは断念した。

「ご武運をお祈りしております」

正行は、弁の内侍に対して、一首の和歌を書いた短冊を渡し、その和歌を詠む。

「帰らじと　かねて思へば　梓弓　なき数に入る　名をぞとどむる」

そして正行は、高師直軍を迎え撃つための軍勢の整備に入った。

それを聞いた野田正氏は、弟の正孝に言う。

「正孝よ。いよいよ湊川で散った父君や、我が友であった菊池武吉の無念を晴らす時が来た。俺は正行様と行動を共にするが、これは個人的な動機であり、身内を巻き込むことはしたくないから一人で出向くことにする。正孝、俺の留守中は、息子と野田城を頼んだぞ」

正孝は、何としてでも兄を止めたかったが、その決意を覆すのは難しいと分かっていた。

正氏には十歳の長男正康という男児がおり、これを機に正康に家督を譲り、正孝には後見の地位に就いて欲しいとの願いである。

正孝は思っていた。このまま戦になれば、如何に勇猛で知略にも長けた楠木軍であっても、最後は多勢に無勢で足利方に押し切られるのは目に見えている。しかし、先制をして戦局が有利な段階であれば和睦の交渉ができるかもしれない。

そして正孝は、兄を送り出した後、正嶋を飛ばして京の都の二条良基に連絡を入れるのであった。だが、既に嶋の寿命を超えていた正嶋は、辛うじて京の都の亀屋の所までは辿り着いたものの、そこで力尽きてしまい、もう堺に戻ることはなかった。

碧音は亀屋と一緒に、倒れてしまった正嶋を丁重に葬りながら、容赦のない時の流れを感じていた。

場面三

南朝暦の正平二年、北朝暦では貞和三年（一三四七年）、楠木正行は挙兵した。その直前に、高師直が自分の軍勢を率いて京を出立、吉野に向けての進軍を開始している。

北畠親房は、高師直軍だけが動き出したことから、師直と足利直義とが不仲なのではないかとの情報を得て、早い段階で楠木軍が出陣して師直軍の先鋒を叩けば、足利方が動揺し、内部分裂を狙えるのではないかと考えていた。また、かつて足利方を追い詰めた大楠公こと楠木正成と同じような戦闘経路を辿り、同じような戦略を展開することで、精神的動揺を図るという狙いもあった。

ところで、正行は出陣の折、上の弟である正時は同行させたが、下の弟である正儀は同行させなかった。正行は、自身の父である正成が、楠木家の血を残すために桜井駅で正行を帰した故事に沿って正儀に言い聞かせた。

「正儀よ。もし兄たちが帰ってこなかったなら、楠木家を頼む」

正儀は自分の役割をよく理解しているようであった。

「それでは、私はこちらに残りまして、最後まで帝様に忠義を尽くすことにいたします」

正行は言葉を加えた。

「知略の面で行き詰まった時には、堺の野田正孝殿を頼ると良いぞ」

「承知しております。両朝統合の日まで、研鑽を欠かさず励んで参ります」

「それから、母上と弁の内侍様のこと、くれぐれも頼んでおく」

その言葉を聞き、正儀は、二人の兄の運命が見えたように感じていたのであった。

かくして、小楠公こと楠木正行率いる楠木軍は、そう多くはないが精鋭を集めた軍勢で出陣して行った。

かつて、野田城において塩谷高貞軍と戦った経験がある野田正氏であったが、あの戦いは戦略によって敵を追い払うものだったので、実際に戦場で敵と相まみえるのは初めてであり、日々が死と隣り合わせという経験に戸惑っている。

「父上も、このような戦場で大楠公様と共に戦われたのか」

野営の陣で、正氏は感慨に耽っていた。

正行にとっても、これまで千早城や赤坂城での籠城戦や、山中に敵を誘い込んで戦う遊撃戦しか経験しておらず、市中で野営して、大軍をもって寄せ来る敵を正面から迎え撃つ戦は初めてであった。兵の数では遥かに上回る師直軍は、そのことが分かっているので、見通しの利く広い場所を戦場にしようとしてきている。

しかし、楠木軍は、味方の数倍に及ぶ大軍を迎えても一切怯むことなく果敢に戦い、連戦連勝の快進撃を見せるのである。これは、師直軍が数を揃えるために地方から兵を寄せ集めたため統制が取れていなかったことや、ここ数年間の戦がなかった期間に主力の武将たちの気が緩んでいたことなどにも原因があるが、それ以上に、楠木軍が掲げる菊水の旗印が持つ無言の圧力による、兵士たちの士気の低下が大きく影響していたのかもしれない。

次々と押し寄せる大軍を撃破する楠木軍に対して、足利方では、この勢いで逆に京に攻め上られるのではないかとの不安が広がりつつあった。足利直義は、想定外の展開に戸惑い、再び佐々木道誉を呼んで協議している。

「道誉殿、まさか楠木軍がここまで強大であったとは」

道誉は落ち着いて答える。

「兵力差から考えても有り得ない事態でございます。まさに不可思議の事、人智を超越した事象ということですな」

「やはり正行には大楠公様が乗り移っているのでしょうか」

しかし、あくまでも道誉は冷静である。

「そう考えた段階で、既に戦は負けということです。大楠公様の亡霊を恐れている師直軍に任せていては、本当に京まで攻め上られるやも知れません。このあたりで手を打っておきませんと」

「そうでございますな。道誉殿なら如何なされますか?」

「楠木軍を一つの場所に誘い込み、一度だけ大軍を導入して一気に決着を付けるしかないでしょう」

「では、準備を進めましょう」

そこで道誉が言う。

「その折には、私も戦場に参りましょう」

「それは心強い」

道誉は、大軍をもって楠木軍を押さえ込んだ後に、いったん休戦して和睦交渉に入ろうと考えており、それには現場を見ておく必要があると考えたのである。

それに対して直義は、高師直軍をもう少し疲弊させてから援軍を送り込もうと考えていたため、ゆっくりと準備を進めようとしていた。かくして歴史上でも名高い四条畷の戦いの日が、刻一刻と迫って来るのである。

決戦前夜、正行は将兵を集めて話していた。

「皆の者、明日は我々にとって最後の戦いとなる可能性が高い。高師直軍は士気が下がっており、これは突破できるかもしれないが、既にその背後には足利方の援軍が大挙して押し寄せているそうであるから」

援軍と聞いて押し黙る将兵たちに対して、正行は言葉を重ねた。

「我々の目的は、もはや足利方を打ち破ることではない。楠木軍恐るべしとの恐怖心を植え付けるだけで良いのだ。そうすれば、仮に我々が滅びたとしても、最後まで勇敢に戦い抜くことによって、次なる楠木軍が現れることを恐れて、吉野方を攻める意欲を失うであろうから」

その言葉を聞いていた野田正氏は、そのために正行が弟の正儀を残してきたのかと思っていた。

そして翌日、楠木軍は雲霞の如くに迫る高師直軍に突撃して行き、足利方の多くの者の心胆を寒からしめるが、多数が討死し、遂には正行と正時兄弟も刺し違えて自刃する結末となった。

その時、野田正氏もまた四条畷の地で、高師直率いる大軍の前に討死しているが、最後に思っていた。

「父と大楠公様の後を追うことになったが、後悔はない。野田家と野田城のことは、正康と正孝に任せたぞ」

その頃、京の都では碧音の横で亀屋が西南の方向に向かって大きな口を開けて、何か言いたげにしている。

それを見た碧音の心には、足利方の大軍を前にして果敢に戦う正氏の姿が映っていた。

「今度は正氏様が・・・」

こうして堺で共に仲良く過ごした六人のうち、早くも二人がこの世に別れを告げてしまうこととなったである。

場面四

四条畷の戦いが始まろうとしていた頃、佐々木道誉は焦っていた。道誉は、高師直軍と楠木軍との最後の決戦の動向を見定めてから、停戦交渉に入ろうと考えて戦地に赴こうとしていたのであるが、足利直義からの出陣命令がなかなか出されず、ようやく出陣したものの、既に四条畷の戦いは始まっているとの情報を得ていたのである。

道誉にとっては、敵を応援するのも変な話だが、楠木軍には今暫く踏ん張ってもらわないと、高師直軍が勢い付いてしまい、停戦の話に持っていけなくなるので、忸怩たる思いであった。そして、ようやく道誉が四条畷に到着した時、既に高師直軍は楠木軍を打ち破って、吉野に向けての進軍を開始していた。

「遅かったか」

道誉は、師直軍が戦勝の勢いをもってこのまま進軍すれば、楠木家を信奉する吉野方の諸勢力が決死の覚悟で挑んでくるであろうから双方の犠牲が必要以上に拡大するであろうし、そしてもし師直軍が本当に吉野に攻め入ってしまえば、吉野の帝の身に危険が及ぶことも考えられる。そこで道誉は、すぐに堺の和泉屋徳兵衛宛に早馬を飛ばした。

「とにかく、吉野の帝様だけは安全な場所にお移ししなければ。徳兵衛殿なら策をお持ちであろう」

道誉からの書状を受け取った徳兵衛は、間髪おかず野田城に野田正孝を訪ねた。

「すぐに吉野に行っていただけますか。それから、野田家の方々は、すぐにこの城を出て堺の町に隠れてください」

その頃、正孝は四条畷の戦いの顛末を聞き、兄の喪に服しているところであったが、徳兵衛の表情から緊急事態が発生していることを察知した。

「高師直軍とは戦うなということですか」

徳兵衛は話を続ける。

「そうでございます。今戦うのは無益、暫くは町に潜んで捲土重来の機を待つべきと思います。さすがの高師直も、誰もいない城を見れば通り過ぎてくれるでしょうし、まさか領民にまで危害を加えるということもないでしょうから」

「なるほど、それで私が吉野に行って、何をするのですか？」

「帝様に御遷座を願っていただくのです」

「御遷座ということは、吉野を捨てて他の場所に？」

「そうです。吉野からさらに幾つかの山を越えた所に穴生という村があり、そこはかつて後醍醐の帝様が吉野に移られる前に立ち寄られた場所でございます。そこなら私の古い知人である堀信増という人物が治めており、安全かと存じます」

そして正孝は、横にいた今の城主である野田正康に向かって言う。

「正康殿、危急の要件で私は城を離れて吉野に向かうが、一族の堺への避難、お任せしたぞ」

正康は当時まだ十一歳であったが、叔父の言葉に頷いて、しっかりとした口調で答える。

「叔父上、万端承知いたしました。城主としての初仕事、心してかかります」

こうして野田城は無人の城となり、高師直軍からの攻撃を回避できることとなった。和泉屋からの情報によって、野田城以外の吉野方に付く勢力の幾つかも、戦いを避けて滅亡を免れている。

そして正孝は吉野に到着し、二条師基と北畠親房に徳兵衛からの情報を奏上していた。

師基は、吉野方一同全員を穴生に逃す策を提案するが、親房は納得できないようで、帝と周囲の者だけを秘かに穴生に移し、他の者たちは吉野を守るために高師直軍と戦うべきと主張して、両者の議論がなかなか終結しない。最後に師基が結論を出した。

「それでは、まずは帝様には秘かに御遷座いただき、あとは各自の判断に任せることにいたしましょう」

こうして正孝は次に穴生に向かった。穴生は、山奥深い閑静な村であった。

「ここが新しい都となるのか」

華やかな京の御所や、桜の美しい吉野を知っている正孝は、感慨に耽っていた。

「しかし、新たな歴史の始まりには相応しい場所であるのかも知れんな」

穴生の長である堀信増は、既に和泉屋徳兵衛からの連絡を受けており、自分の屋敷を新しい御所として帝に提供するため、改築工事を始めていた。

その間に、二条師基は帝をはじめ、周辺の者たち一人一人に会って、穴生への避難を勧めていたが、吉野を守って最後まで戦うべきと主張する者も少なくはなく、避難する者はそう多くはならなかった。

そして帝は后や皇子などを連れて、住み慣れた吉野を離れ、穴生に移られた。その中には、楠木正行の想い人であった弁の内侍も含まれていたが、内侍は正行の戦死を聞いてすぐに剃髪して尼となっている。

帝は、いつか吉野を奪還し、さらに京の都に戻れる日が来ることを願ってか、この新しい都の地名である穴生を改め、叶名生（かなう）と呼ぶことにした。

間もなく、高師直は吉野に攻め入って、ほとんどの建物を焼き払ってしまうのである。

足利直義は、師直軍が楠木軍との戦いで疲弊して、いったんは戻ってくると読んでいたので、師直の勝手な行動に激怒している。

やがて高師直は、直義からの帰還命令を受け、吉野から先までは侵攻せずに京の都に戻ってきたが、久々の実戦で大手柄を挙げたということで、必要以上に持て囃す者も多く、足利家を差し置いての勢力になるやもしれないという状況に陥ってきた。

直義は、元々は兄の尊氏への不満から高師直を批判していたのであるが、そうも言ってはおられず、尊氏を訪ねることにしたところ、後醍醐帝の崩御以来、政務を直義に任せて実質的に隠居している尊氏も、さすがに吉野の焼き討ちには立腹しているようであった。

直義は尊氏に向かって言う。

「兄上が高師直殿を重用するから、このような事態になったのではないのですか」

尊氏は、確かに直義の言い分が正しいので、困っている様子である。

「直義の言う通りかも知れんな。とにかく師直には自制するよう言って聞かせることにしよう」

しかし、今の師直は飛ぶ鳥も落とす勢いであり、主君である尊氏の言葉にも素直に従いそうになく、むしろ自分の支援者を増やすため積極的に動き回っているような状態であった。

そんな師直の行動を、以前からずっと監視していた者たちがいた。

ある日の夜、新月で足元も定かでない中、高師直は数人の者に襲撃される。塩谷家の旧家臣であった大星由良之助一派の中の、功を焦った者たちの仕業であった。この襲撃は、師直の身辺を警護する屈強な数人の武士がいたので、師直は数ヶ所の刀傷を負っただけで済んだが、刺客たちを追った師直の配下の者たちは、彼らが和泉屋徳兵衛に所縁のある店に逃げ込んだことを知り、徳兵衛を尋問することになる。

しかし徳兵衛は決して由良之助一派との関係を白状せず、家族を人質に取られても屈しなかった。師直の配下の者たちも、徳兵衛の毅然たる態度を見て、それ以上の追及をすることはできず、引き下がることとなった。

その時の台詞が『和泉屋徳兵衛は男でござるぞ。子にほだされ存ぜぬ事を存じたとは申さぬ』である。

こうして由良之助一派への疑いが晴れた後、師直はこれを足利直義からの刺客であると思い込んでしまった。それ以来、足利方は直義を奉る勢力、師直の一派、そして元から尊氏に付き従ってきた者たちと、三派に分かれての権力闘争の様相を呈するようになってくるのである。

十段目「叶名生（かなう）」

場面一

吉野方では、後村上帝により穴生改め叶名生に仕立てられた臨時の皇居に御遷座され、足利方も吉野から奥まで攻め込むことはなく撤退し、堺の野田城には平和な毎日が戻ってきていた。野田正孝と野田正康は、今は亡き初代当主・正勝と、四条畷で討死した正氏の霊前で、今の平和が一日でも長く続くよう祈っている。同じ頃、御所では二条碧音が亀屋と共に正孝と亡き正氏そして正鳩のことを、叶名生では弁の内侍が亡き楠木正行のことを想いつつ、それぞれが祈りを捧げているのであった。

一方、足利方では足利直義と高師直が抗争を繰り広げている。やがて、両者の対立は深刻な状態になってきて、直義が尊氏に迫って、師直を執事の職から追放したところ、怒った師直が軍を挙げて、慌てた直義が逃げ込んだ尊氏がいる室町御所を取り囲む『御所巻』と呼ばれる事件が起きたりと、混乱が極まってきていた。

その混乱は、夢窓国師の仲介で、直義が政治の表舞台から退くという妥協案でもって、一時的には収まったが、今度は直義と妥協案を受け入れた尊氏とが確執を持つことになり、さらに三つ巴の様相が著しくなってくる。

吉野を捨てて叶名生に移った北畠親房は、この足利方の混乱を好機と捉えて、様々な仕掛けを行った。その中でも最も大きな仕掛けは足利直冬の囲い込みである。足利直冬とは、尊氏が若い頃に市井の女性との間で設けた最初の子であり、幼名を不知哉丸（いざやまる）と言うが、様々な理由から、尊氏は決して彼を嫡子として認めようとはせず、幼少時から鎌倉の寺に預けられ、結局は直義の養子となって初めて足利姓を名乗るようになったという経緯がある。直冬は、尊氏からは嫌われていたものの、その才は尊氏にも匹敵するものがあり、直義は彼を重用していたが、直義の失脚と共に直冬も左遷されて備後国あたりで閑居していた。

そこで、親房は直冬に書状を送り、吉野方に帰順して中国地方の兵を挙げて、菊池一族のいる九州と連携するよう勧めたのだ。

直冬は、後村上天皇からの直接の書状に感激し、吉野方への帰順を決めたところ、直冬に従う者が次々と手を挙げて、やがて一大勢力となってきた。師直は尊氏に上奏し、直冬討伐の命令を得て、久しぶりに足利方と吉野方の大きな抗争が始まることになった。

その後、尊氏自身が直冬討伐のために西に向けて出陣した頃、直義は軟禁先を脱出して、叶名生に向かっていた。そして、養子の直冬に従い、共に吉野方に帰順すると言うのである。

親房は、まさか直義までが帰順を申し出てくるとは予想しておらず、すぐには返事をせずに、二条師基らの重臣たちと協議をすることにした。親房が言う。

「足利直義は、若い直冬とは違い、長きにわたって我が吉野方と敵対してきた者、今になって帰順と言われても、認めて良いものなのかどうか」

その言葉に、堺を通じて足利方の情報に多少は詳しい師基が答える。

「足利兄弟の確執は今に始まったものではなく、かなり根深いものと存じております。それ故、直義殿が我が吉野方の威光を盾に尊氏殿に立ち向かおうという戦略は理解できます」

「敵の敵は味方ということか」

「足利方には持明院統ではあっても、帝様はおられるのですから、直義殿は吉野方の後ろ盾がないと、尊氏殿と戦う大義がありません」

「そうだな。では互いに利用し合うことを分かった上で手を組むべきということかな」

「今の情勢は予断を許しませんから、ここは直義殿の動きを見ながら、流れを読む局面かと存じます」

かくして、足利直義は後村上天皇という強力な後ろ盾を得て、再び京に向けて攻め上ることになった。ここから、歴史上で『観応の擾乱』と呼ばれる、誰が敵で誰が味方なのか分からなくなるくらいの混乱の時代が始まるのである。

その頃、九州肥後では、菊池武光が、兄の武士から菊池家当主の座を譲り受けることに成功していた。弱気ともいえる程に慎重な性格の武士は、武光の進言を悉く退け、城に籠って何もしないことを良しとするような人物であったので、周囲は早い時期から武光への当主の交代を求めていたのだが、前当主で兄の武重が遺した菊池家の家訓である『寄合衆内談の事』に、最後は当主が決めると書いてあることから、武光は家訓に反することはできないと、渋々に武士の言うことに従ってきた。しかし、ようやく時期が到来したのか、武士が自ら隠居を申し出てくれたのである。

当主となった武光は早速、薩摩国に仮の行宮を設けて滞在中だった懐良親王を菊池城に迎え入れることとなった。武光は、堺の野田正孝に手紙を書いた。

「いよいよ俺の夢が実現するぞ。日本国王の誕生だ！」

その後、武光は吉野方の北畠親房と連携して足利直冬の勢力を九州でも拡大し、来るべき九州統一への布石を打つのであった。

このように、菊池一族と足利直冬の活躍によって、九州でも中四国でも、ここに来て吉野方の勢力が拡大してきており、関東では今は亡き新田義貞の一族が勢力を盛り返しつつあり、東北は元々が北畠親房の地盤であったところに、さらに足利直義が加入することで、後醍醐帝御崩御以来、初めてと言える両朝均衡の状況が始まっている。

しかし、同じ吉野方に属していても、それぞれの思惑は微妙に違っていた。直冬は自分を冷遇した実の父である尊氏を憎み、直義は高師直を憎み、菊池一族はまた独自の目標を持って進んでいるのだ。二条師基は北畠親房に言っている。

「当面は混乱が続き、情勢も変わるやも知れませんが、今こそ吉野方が有利な形で両朝統合を実現する好機ではないかと考えるのです」

親房も同意して言う。

「まさにそうかも知れんな。私はあくまでも吉野方の帝様こそが正統であると考えておるので、そこだけは譲れんから、この機は逃したくない」

「そうでございますな。足利方の動向にも注意しておきますので、機を見て動きましょう」

「直義は信用できるかな?」

親房の問いに、師基は答える。

「直義殿は吉野方の威光を利用したいだけでしょうから、おそらく高師直殿との確執に決着が付けば再び寝返る可能性はあると考えています」

「そうであろうな。では吉野方としても、直義の力を使える間は存分に使っておけばいいということか」

「ですから、直義殿の足利攻めは、我々吉野方は深く関わらず、結果を高みの見物で良いでしょう」

「変に同行して、戦場で寝首を掻かれても困るしな」

こうして、吉野方の主力部隊は直義軍に合流せず、様子を見ることになった。

その後、戦略家である北畠親房も二条師基も思いもよらない意外な展開が待っているのである。

場面二

南朝暦の正平六年、北朝暦では観応二年(一三五一年)、足利直義が率いる吉野方という建前の軍勢が京の都に攻め入り、直冬を攻めるために備前に滞在中の尊氏の留守を預かる足利義詮を打ち破って、たちまち都を占領した。

吉野方にとっては、約十五年越しの悲願が、それも怨敵であった筈の足利尊氏の弟の手によって、一瞬にして呆気なく実現したのである。

義詮は身の危険を感じて、尊氏の陣がある備前に逃れたが、京に取り残された崇光天皇と光明上皇、そして光厳院を守るべき立場の関白である二条良基は、そのまま御所で直義が来るのを待っていた。良基は、妹の碧音から聞かれた。

「兄上様、直義殿は吉野方に降られたとか。これで吉野方の帝様が京に来られて、両朝統合が実現するのでしょうか？」

良基は少し考えてから言う。

「いや、事態はそう簡単ではないと思う。今回の直義殿の軍には吉野方の者は混じっていないようだし、またすぐに備前から尊氏殿が戻られて、兄弟での合戦になるのか、あるいは和睦になるのか、いずれにしても直ちに両朝統合が果たせるとは思えんな」

「残念でございます」

「そうだな。しかし、吉野方には叔父上も北畠親房様もおられるので、何か策を持っておられるとは思うし、今は我々の帝様ご一家をお守りすることを考えようぞ」

「そうでございますね。帝様も上皇様たちも、直義様が来られると知り、恐れをなして引き籠っておられます」

「直義殿との対応は私が引き受けるので、碧音は亀屋を連れて上皇様たちの所に行って差し上げてくれ」

そう言っている間に、直義到着との報が入った。直義は、良基とは長きにわたる人間関係があり、良基に対して関白として尊敬も置いているので、戦場で汚れた着衣を改めた上で、正式に面会に来たようである。

「関白様、暫くでございます」

「直義殿、今回の件、吉野方とはどのような話になっているのですか？」

「いえ、まだ何も決めてはおりません。まずは高師直との決着を付けなければと考えております」

この言葉で、良基は直義が吉野方の威光を借りたかっただけで、まだ両朝統合の機ではないと感じていた。

良基は念のため直義に尋ねる。

「もし直義殿が次の戦にも勝利されて、吉野方の帝様たちが京に来られたとしましても、上皇様たちの安全は保証していただけるのですか？」

どうやら、そのことは今の直義にとっては雑事の一つに過ぎないようで、あまり気のない返事が返ってきた。

「朝廷内のことは関白様にお任せいたしますので、吉野方とは上手く交渉してくださいませ」

良基は、これを聞いて、間もなく直義軍と高師直を含む尊氏軍とが合戦となり、いずれが勝ったとしても御所が安全とは限らないと判断して、帝と上皇たちを郊外の寺院に避難させ、自分は関白として御所を守りながら、次なる戦略を考えようと思っていた。

そして直義は、ゆっくり京で過ごすこともなく、備前にいる尊氏と師直の軍が京に戻るのを阻止するための戦いに出陣した。

これまで足利方に属していた各勢力は、尊氏側か直義側か、すなわち形式的には足利方か吉野方かの選択を迫られるのであるが、予想外に直義側に与する者が多かった。これは、直義自身や吉野方を応援するというよりも、これまで高師直の横暴を苦々しく思っている者が少なくないことに原因があったようで、二条良基の予想通り、直義側についた者たちも直義自身も、吉野方の名を使っているのは方便であり、皇室とは関係のない部分での抗争に過ぎないのであった。

こうして直義側有利の状況で戦局が推移する中、尊氏は直義が喜ぶような条件を入れて和議を申し入れてきた。それは、表向きでは高師直の役職を解いて高野山で出家させるというものであるが、その裏には殺害してもいいという密約があったのである。

尊氏方に属していて、そのことを知った佐々木道誉は、一つの策略を思い付いた。どのみち師直が殺害されるのであれば、その現場に塩谷高貞の旧家臣であった大星由良之助一派を立ち合わせて、自ら手を下すことなく本懐を遂げさせた上で、いずれかの大名に仕官させてやろうと考えたのである。しかし、さすがに大星一派に直接に師直の情報を伝える訳にはいかないので、中立の地である堺の商人・和泉屋徳兵衛を通じて、野田正孝と連絡を取り合うこととした。

正孝を通じて連絡を受けた由良之助は、一派を集めて会議をしている。集まった四十七人の中には、仇敵の高師直が直義側の者たちに斬られる前に手を下さなければ仇討の意味がないと言う者もおり、なかなか議論がまとまらない。中でも由良之助の長男である力弥は、強硬な意見を持っていた。

「如何に恩義ある野田正孝様のお申し出とは言え、そのような他力本願では本懐を遂げたとは申せません。今からでも師直の居所に攻め込むべきではないのですか」

そこで、かつての懐良親王救出作戦などで正孝と共に行動したことのある千崎弥五郎が言う。

「力弥様、お気持ちは十分に分かりますが、野田正孝様は吉野方、佐々木道誉様は足利方と、本来は相容れないお二人が、おそらく我々に本懐を遂げさせながら命を助けてやろうとの思し召しで、ご提案くださっているのですぞ」

「しかし、我々は主君の仇さえ討てるなら、命など惜しんではおりません」

そこで由良之助がゆっくりと言う。

「皆の気持ちは分かった。しかし千崎の申す通り、野田様も佐々木様も、危険を冒してまで我々に晴れの舞台を用意してくれようとしておられるのだ。私は、かつて野田様らと一緒に懐良親王様を九州にお送りした際、野田様のご友人であられる菊池武光様から素晴らしいお話を伺ったことがある。あの方々が見ておられるのは、個人の恨みつらみなどではなく、国家そのものなのだ」

静まり返る一堂に向けて、由良之助は言葉を続けた。

「もちろん、我々にとって、主君の恨みを晴らすことは武士としての大きな役目ではある。しかし、それでは高師直側の家族や家臣たちにとっては我々が仇となって際限なく恨みの連鎖が続くことになるし、またもしそれで我々の命がなくなるのであれば、それは国家にとっての損失となるのかもしれないし、主君であった高貞様の望まれるところでもないであろう。おそらく野田様も佐々木様も、それを考えて両方が成り立つ手段を編み出してくださったのだ」

こうして由良之助一派は、野田正孝を通じて佐々木道誉から齎された情報によって、高師直が連行されるという道筋で待機することになった。由良之助の依頼で、本懐を遂げる現場を検分してもらうため、野田正孝も少し離れた場所で陣取っている。

場面三

直義軍と尊氏軍とは裏の話し合いでもって講和し、尊氏軍は京の都に戻る道筋にあったが、高師直は尊氏からの命令で、途中から数人の部下だけを連れて、出家するため高野山に向かうことになった。そして、武庫川あたりの淋しい道を通っている時、あたりから数十名の武装した者たちが、師直の行く手を阻む。

「高師直殿か?」

師直は、この事態をある程度は予想していたのか、落ち着いて言う。

「いかにも、足利家執事・高師直である。何用か?」

「主君の仇、討ち果たさせていただく」

彼らは、師直によって主君が落命することとなった上杉家や畠山家の元家臣たちであった。

「待て!」

師直が大きな声を出した。

「この期に及んで命乞いか?」

寄せ手の者の一人の言葉に、師直はゆっくりと言い返す。

「この師直、出家する身でもあり、もはやこの世に未練はない。しかし、連れの者どもには、それぞれに家族がおり家がある。恨みに恨みを重ねることは避けるべきと考えるので、この者たちは見逃してやってくれ」

そして師直は、連れの者たちに言う。

「皆の者、私は只今より単身にて最後の合戦に挑むことになるが、もし私が討たれたとしても、それは私の身から出た錆であるから、決して相手を恨んではならぬ。良いか、この恨みの連鎖は本日でもって終わるのだ」

この師直の言葉を聞き、師直の連れの者どもは、師直と寄せ手の者たちに向けて深く一礼をして、この場を立ち去って行ったが、誰も追おうとする者はいなかった。そして師直は下馬し、また大声で言う。

「この師直、最後の一騎となったが、正々堂々と合戦に挑むから、各々方も各自の名を名乗られよ」

その時、師直を取り囲んでいる寄せ手の者たちの一人が、陰に潜んで状況を見ている由良之助たちの方に向けて言った。

「そちらにお控えの方々も、共に名乗りましょうぞ」

野田正孝の方に顔を向けた由良之助に、正孝は言う。

「これが佐々木道誉様のご配慮かと。どうぞお名乗りになってください」

そして由良之助は、先に来ていた者の名乗りが全て終わるのを待ってから、陣太鼓を打ち鳴らしながら、師直の前へと進み出た。

「塩谷高貞家臣、大星由良之助以下四十七人、主君の仇、討ち果たしに参上した」

こうして、高師直は大勢の寄せ手たちと正々堂々と戦い、遂に力尽きて果てた。由良之助は、仲間の者たちに言う。

「これで我が主君の仇を討ち果たし、本懐を遂げることができた。本来であれば我々は罪を受けて、主君の後を追い、命を絶つべきところなのかも知れんが、野田正孝様も佐々木道誉様も、生きて人のため国のために尽くすことこそ本懐であると教えてくださっている。我々は野田様と佐々木様のお教えに従おうではないか」

一同は、由良之助の言葉の重みに痛み入っている。そこで野田正孝が言う。

「して、由良之助殿は、これからいずこに？」

由良之助は満を持したように答える。

「私は今から肥後に向かい、菊池武光様と共に新たな世を作るための戦に加わる所存でございます。皆も各自が思う道を歩むことと思います」

そして千崎弥五郎はじめ、四十七人の全員が、それぞれ次の人生を送ることとなった。

こうして、大星由良之助一派の長かった仇討までの旅路が終わったのである。

その後、尊氏軍は京の都に戻って直義とは一時的に和睦をすることになった。そして、直義が兄の尊氏を押しのけて政治の中心に立つことになったが、直義にとっては吉野方との約束が重荷に感じられるようになってくる。

叶名生の北畠親房からは、後村上帝の上洛はいつになるのかと再三の督促が来ており、その都度に直義は、残党の一掃とか御所の整備とかの口実を付けて引き延ばしているが、いつまでもそうしてはいられない。

一方で直義に降ることで京に戻った尊氏と義詮であるが、高師直襲撃の首謀者である上杉家と畠山家の者たちに対して迅速に沙汰を下すなどの、尊氏側から和睦時の約束が果たされていないとの指摘が直義側になされたり、勝った筈の直義が、降った筈の尊氏に押されているような感を呈してきた。直義は、両者に対して中立の立場にある二条良基に相談している。

「関白様、吉野方の動向は如何でございましょうか？」

良基は答える。

「北畠親房様は稀代の戦略家、今は直義殿と尊氏殿がどう折り合いを付けられるか、あるいは再び相争われるかを見ておられるのではなかろうかと感じております」

「なるほど、足利方が内部で分裂して弱体化する程に吉野方の思う壺ということですな」

「いずれにしても政情が落ち着いてから満を持して京の都に向かおうということではないかと思います」

「で、帝様と上皇様たちは？」

「とりあえず、今は安全な場所にお移り願っておりますが、義良親王様（後村上天皇）が来られるなら譲位はすると言っておられます」

「そうですか。そのあたりの調整はしていただいているのですね」

そこで良基は、自分が思っていることを言う。

「いずれにしても、足利家にとっては大きな問題ではないということですな」

本質を突かれた直義は苦笑いしながら言う。

「しかし、どなたが帝様であられようと、皇室への忠誠心には一点の曇りもございませんから、ご安心ください」

良基は、直義の本音を聞き、とにかく皇室だけは存続させなければと決意していた。

その頃、叶名生では北畠親房と二条師基が話し合っていた。親房が言う。

「やはり、予想通り直義の帰順は見せかけであったようじゃな」

「そのようでございますね。しかし、高師直も討たれましたし、足利兄弟に相争わせて勢力を削ぐ策は成功でありましたな」

「問題はここからじゃ。どの機を狙って帝様の上洛を果たすか、考えどころであるな」

ここで師基が言う。

「京におります我が甥の二条良基が好機を伺っているものと存じますので、今暫く様子を見るべきでしょう」

こうして、直義方、尊氏方、そして吉野方が、あたかも三すくみのように他者の出方を窺うという日が暫く続くのであった。

十一段目「正平の一統」

場面一

直義方、尊氏方、そして吉野方の均衡を、最初に破ったのは尊氏と尊氏の子の義詮であった。二人は示し合わせて軍を率いて京の都を取り囲み、直義は越前に逃れたが、当地で再び勢力を盛り返してきて、間もなく京に向けて出陣するとの噂が広まっていた。そんな時、叶名生の北畠親房のもとに、足利尊氏からの使者が訪れ、驚くべき提案をしてくる。

「何！尊氏が吉野方に帰順したいと？一体どういうことなのだ？」

常に冷静沈着な親房が、珍しく大きな声を出している。これを聞いて二条師基が言う。

「おそらく、足利兄弟の内紛で、尊氏殿側が不利な状況になっているのでしょう」

「なるほど、しかし、今はまだ直義も吉野方に帰順している状態なのだから、尊氏まで帰順するとなると、何とも複雑なことになるな」

「考えようによっては、主導権が吉野方に来ているということでもありますから、今回は拒絶するとしても、何度も言ってくるようであれば、条件を付けて受け入れるというのも策かとも存じます」

こうしているうちにも、尊氏方と直義方の戦局は混乱を極めるようになっていたが、両者にとって重大な事態が発生する。以前から足利兄弟が共に深く信奉しており、今も両者の和解のために尽力をしている夢想国師が七十七歳の生涯を閉じてしまったのである。吉野方に帰順を申し出ながら、一方では夢想国師の仲介による直義との和睦も視野に入れていた尊氏は、一気に気弱となってか、今度は政権を朝廷に返上するとの条件を付けて、吉野方への帰順を求めてきた。

これには北畠親房も応じるべきと考え、後醍醐天皇が吉野に移られてから実に十五年を経て、遂に両朝が統合される日が訪れたのである。後村上の帝は、この地の名を叶名生から賀名生に改めるとの勅令を発布した。京への復帰を願って、元々は穴生だった土地を叶名生としていたのを、願いが叶って目出度いということから賀名生としたのである。そして、いよいよ帝は京に向けて出立することになった。

そうしているうちに、尊氏と直義との争いが、意外と早くに尊氏方勝利で終わることになり、直義も謀殺されてしまったとかで、吉野方にとっては、今度は尊氏が吉野方を裏切るのではないかとの憶測が広がってきた。そこで北畠親房は、足利尊氏の征夷大将軍の職を解いて、東国にいた宗良親王を後任者に指名して、新田義貞の遺族を中心とする軍勢で鎌倉を攻めさせ、さらに親房の三男で、北畠顕家の弟にあたる北畠顕能を吉野方の大将として京に向かわせることにし、さらに楠木正儀を招集した。

すなわち、後醍醐天皇、新田義貞、北畠顕家、楠木正成という、建武の新政の折に大活躍した人たちの遺族を集結させて、建武の昔を甦らせ、まだ日和見をしている各地の領主たちの気持ちを吉野方に向けようとしたのである。楠木正儀は、四条畷の戦いで兄の正行と正時を失ってから三年、立派な若武者に育っていた。

親房を前にして、正儀は堂々と発言する。

「この度は足利尊氏様が吉野方に帰順しての両朝統一なのですから、戦わずして京の都に戻るのが本筋、帰順している者を武装して攻めるというのは如何なものでしょうか？」

正儀の話は正論であるので、親房も言い返しにくそうに答えた。

「しかし正儀よ。尊氏という奴は昔から何を考えているやら分からん曲者じゃ。兄弟喧嘩が上手い具合に収まったなら、吉野方との帰順の際の約束など、平気で反故にしかねん。そのため、帝様を無事に京の都にお連れするには、貴殿らの名前が必要なのじゃ」

正儀は、渋々ながら承諾した。

「それでは、楠木軍は京に向かいますが、極力戦闘にはならぬよう、調整をお願いいたします」

そして後村上帝は賀名生を出発して、楠木家の本拠地である河内東条、住吉神社、天王寺と行宮を移しながら、遂に京が一望できる石清水八幡宮まで進んできた。

東国で直義方と戦っている尊氏に留守を任されている義詮は、後村上帝と共に吉野方の大軍が間近に迫っていると聞き、早々と近江の佐々木道誉を頼って都を脱出することにした。その前夜、義詮は二条良基を訪れて、今後のことを話している。

「良基卿、吉野方は大軍をもって京に押し寄せて来るようでございます。そうなると私たち足利方の身の安全は確保できません」

良基は答える。

「確かに大軍で来ているらしいですが、既に足利方は帰順しているのですから、お味方の軍勢ではないですか」

「いえ、新田に北畠に楠木と言えば、皆が足利に恨みのある者たちの末裔、何をされるものか分かりません。また吉野方の帝様も、先帝様のことで持明院統を良くは思っておられないでしょうから、こちらの帝様や上皇様たちの身にも危険が及ぶやも知れません」

しかし、良基は言った。

「さすがに吉野方の軍勢も、こちらの帝様たちに危害を及ぼすというような懸念はございませんでしょう。私が対処しましょう」

それでも義詮は、京を逃れると言う。

「我々はいったん近江に退きますから、こちらの帝様たちをよろしくお願いいたします」

こうして二条良基は、崇光天皇、光明上皇、光厳院そして皇嗣である直仁親王などの持明院統の皇族を守り、京に残ることになった。

間もなく、吉野方の先遣隊代表として、公家の中院具忠(なかのいんともただ)が御所にやってきた。まだ若い具忠は、二条良基とは面識がなく、また本来は藤原氏直系の二条家とは家格が大きく違う立場なのだが、吉野方では官職や身分が廃止されているので、関白である良基に対しても臆さず話している。しかし、武士のように鎧と直垂を着用し、二十人ほどの兵士を同行してきたのを見て、良基は具忠が吉野方上層部の命令で来ているだけで、そう権力がないことを見抜いていた。まず具忠が言う。

「二条良基様。只今より貴殿の関白の職を解かせていただきます」

「それは勅令ですか?」

「いや、まだ正式には・・・」

「両朝の統合は、以後に禍根を残さぬよう、慎重に進めねばなりません。くれぐれも先走ったご発言はお控えいただきますように」

良基の堂々とした態度と筋が通っている言葉に、具忠は圧せられたのか、話題を変えてきた。

「帝様が、持明院統の方々とお目にかかり、親しく話をしたいと申されております。機を設けていただけますでしょうか？」

「具忠殿、こちらの帝様や上皇様たちをどのようになさる御所存で？」

「吉野の帝様が京に来られれば、もう大覚寺統も持明院統もございませんでしょう。同じ皇族として仲良く暮らしていただくことになりましょうかな」

「では両統迭立の件は？」

「今のところは、直仁親王様に、そのまま皇嗣でいていただく予定ではありますが、あとは尊氏殿の態度次第と北畠親房様は言っておられます」

良基は、戦略家である親房の策と聞いて、警戒を強め、妹の碧音には引き続き帝と上皇、皇嗣たちの傍を離れぬよう指示するのであった。

場面二

二条良基のもとに、妹の碧音が亀屋を抱いて駆け込んできた。

「兄上、大変でございます。帝様たちが八幡の吉野方の陣に向かわれました」

「何！それはどういうことだ？」

「吉野の帝様からの使者と称される方々が押し掛けてこられまして、帝様、光明と光厳の両上皇様に、皇嗣の直仁親王様まで全員をお召しになっていると」

「止められなかったのか？」

「こちらには女官しかおらず、何ともできませんでした。私も同行しようかとも思いましたが、まずは兄上にお報せしなければと」

良基は、持明院統の皇族を京から離れさせてから、吉野方の帝を入京させようという北畠親房の戦略であると考えていた。そして、大切なことに気付いた。

「三種の神器は？？」

「私は逃れて参りましたので分かりません。しかし、神器の置き場所を知る者は吉野方にはいないと思いますが」

碧音はそう言うものの、心配になった良基が、直ちに御所の奥深くにある三種の神器の保管場所に向かうと、そこでは数人の警護の者が座り込んでいた。

「関白様、申し訳ございません。神器は奪われました」

「何と！奪ったのは、どのような者たちだったか？」

「おそらく吉野方の兵士ではないかと思われます。公家らしき者も一人おりましたが」

「中院具忠の仕業か」

「三種の神器だけを奪って、他の宝物には手を付けませんでした」

三種の神器の保管場所が吉野方に知れていることから、内通者が存在すると良基は思ったが、もう取り返しがつかない。その間にも京の町は吉野方の軍勢に覆われるようになって、足利方の者たち全員が洛外に逃れた頃、満を持して北畠親房以下、吉野方の首脳陣が御所に入ってきた。

しかし、良基の叔父である二条師基は賀名生に残っているそうで、良基と面識がある公家は殆どいなかった。また、それまで持明院統の帝を守ってきた公家たちは、早い段階から賀名生に駆け付けて吉野方に擦り寄る者や、さっさと洛外に逃れる者が大半で、二条良基以外の有力な公家は京には残っておらず、良基一人で吉野方の公家全員と対峙するような形になっているのであった。上座に坐した北畠親房が、下座に控える二条良基に言う。

「良基殿、本日より貴殿の関白の職を解かせていただく」

良基は、親房とは十五年ぶりの再会であるが、元気とは言え年老いたなとの印象を持っていた。

「親房様のお言葉ですから、帝様の勅令と捉えて構いませんのですな」

「その通りである。私は近々、帝様より准三宮（じゅさんぐう）の地位に序されることになっておるからな」准三宮とは、天皇や皇后などに次ぐ地位であり、本来であれば皇族か藤原氏直系の五摂家と呼ばれる近衛・一条・九条・二条・鷹司の各家の者以外が序されることはないのであるが、その地位に北畠親房が序されることには、良基は納得できないので反論する。

「親房様、聞くところによりますと吉野方では官職を廃止しておられるとか。さすれば准三宮のみが存在するというのは如何なものかと？」

痛い所を衝かれたのか、親房は少し怯んだが言い返す。

「確かに官職は廃止しておるが、准三宮は皇族のようなものであるから・・・」

良基は、さらに追及しようとしたが、吉野方の公家たちが口を挟む。

「良基殿には、十五年にわたり、持明院統の方々のお世話を願っておったが、両朝の統合が成就した今、ご隠居いただくべきかと考える」

さすがの良基も多勢に無勢、これ以上の反論は難しいと考えて言った。

「致し方ございません。私は官職を辞することにいたしましょう。ただ、持明院統の方々の身の安全だけは保証していただけますでしょうか」

そこで親房が言った。

「皆様には、三種の神器と共に賀名生に移っていただくので、安心してくれ」

親房の戦略が、京の都から持明院統の皇族全員を賀名生に移し、万に一つの事態として足利方に京の都を奪還されたとしても、新たな帝を擁立できないようにしておこうというものであることに、改めて良基は気付いたのである。

そして良基は、親房や他の吉野方の公家たちに驕り昂ぶりと油断があり、このままだと間違いなく、武力で勝る足利方の反抗によって京を奪還され、再び両朝に分かれることになる可能性が高いと考えていた。そうなると、帝不在の足利方にとって、戦うための大義名分がなくなってしまう。

逆にこれまでは両朝統合が双方の掲げる目的であったために、それなりに調和が取れていたものが、その均衡が崩れれば、皇室対武士という構造になってしまい、最悪の場合には皇室が滅ぼされてしまうという事態まで考えなければならなくなるのではないかと良基は感じていた。

「何としても、京の御所にも帝様がいていただかないと」

良基は、帰宅後に碧音を呼んで話している。

「碧音よ、おそらく吉野方の天下は長くはないと思われる」

碧音は落ち着いて答える。

「やはりそうでございますか。私もそのような気がしておりました」

予知能力のある碧音の言葉に、良基は自分の考えが正しいとの確信を持つのであった。

「程なく、この京の都は戦場と化すかも知れん。この際、碧音は亀屋を連れて堺の正孝の所に避難してはどうか」

碧音は、兄が妹を気遣って言ってくれていることと分かりながらも、共に碧鏡を書き進めている良基と別れ別れになることには抵抗を感じていた。

「いえ、私には兄上と共に碧鏡を編纂するという大役がございます。そしてこれからの毎日こそが後世に語り継ぐべきことと感じております故、今ここを離れる訳には参りません」

良基は、ゆっくりと言った。

「そうか。私たちは時代と共に生きていかねばならぬ宿命を自ら求めてしまったようだな」

「そう思います」

「しかし、束の間ではあろうと思うが、両朝和合の間に、正孝とは会っておくと良いぞ。しかし、正鳩亡き今、正孝の様子を知るすべもないが」

碧音と亀屋が帰った後、良基は二人の人物に対して手紙を書いた。一人は近江にいる佐々木道誉、そしてもう一人は光厳上皇の母の広義門院寧子である。寧子は、今は都の外れの嵯峨あたりで孫、すなわち崇光天皇の弟であり、持明院統最後の直系男子である弥仁（いやひと）親王と一緒に暮らしている。

場面三

足利義詮が去った京の都は、たちまち吉野方の軍勢に覆い尽くされることになり、いよいよあとは後村上帝の御来駕を待つばかりとなったが、北畠親房は満を持してからと考えたのか、帝には八幡の行宮で待機していただき、その間に足利方の残党などを一掃して、建武の時代と同じ天皇親政の体制を整えてからお迎えするとの方針であった。その一環として親房が取り組んでいたのが、持明院統の皇族全員を賀名生に移すことである。

「弥仁親王様と広義門院様の行方は分からんだと？」

親房は配下の者を叱責している。

「居場所を突き止めまして、お迎えに参ろうと出向きましたところ、僅かの隙に何者かによって連れ去られたようでございまして」

良基からの手紙を受け取った佐々木道誉が、すぐに広義門院と弥仁親王を近江に逃がす手配をしたのである。親房は言う。

「まあ致し方ないわ。三種の神器は我が方の手中にあるし、もはや足利は偽りの帝すら擁立できぬからな」

しかし、親房の戦略は、徐々に綻びを見せてくる。

東北や関東で決起し、一気に京に押し寄せる筈であった、征夷大将軍となった宗良親王と共に戦っている者たちとの連絡が、遠距離であるために円滑に交し合えず、逆に関東を地盤とする足利方の戦力の方が勝ることも多くなってきて、東の方の吉野方勢力を京に結集させることが困難になってきたのである。

また、足利直冬や菊池一族によって吉野方の勢力が勝る九州と京の間の備前あたりに足利方の有力な武将たちが陣取っていて、西の方とは地理的に分断されているということも大きな障壁であった。そして、いよいよ尊氏と義詮が軍勢を整えて京の奪還に入るという噂が流れてくるに連れ、吉野方の士気が低下してきた。さすがに正面から戦えば、数の上からでも京にいる吉野方の軍勢だけでは、到底太刀打ちできはしない。親房は言う。

「致し方あるまい。一度は八幡に退こう」

ところが、足利方の動きは、親房の予想よりも早く、間もなく八幡も足利軍が取り囲む状態となり、吉野方は賀名生に撤退することを余儀なくされた。

こうして、世に言う正平の一統は、僅か百日足らずで破綻し、後村上帝をはじめ吉野方の夢は儚く終結することとなった。だが、全国的には久方ぶりに足利方と吉野方の勢力が拮抗しており、足利方にとっては、いつ京の都を奪還されるか分からないという不安な状態であったが、何よりも困ったのが、持明院統の上皇や皇嗣たちが、三種の神器と共に賀名生に連れ去られてしまったことである。

京に戻ってきた足利尊氏が、二条良基と面談している。

「良基卿、よくぞ弥仁親王様を逃がしていただきました。これで最悪の事態だけは避けられました」

「尊氏殿、北畠親房様の謀略、まだ終わってはおりませんでしょうから、くれぐれもご油断のないように」

「上皇様たちと皇嗣様の奪還には急いで取り組みますが、まずは我々の帝様に御即位願いませんと」

「そうですな。しかし三種の神器も持ち去られ、御即位にあたって必要な治天の君になられるべき上皇様たちも御不在ですから、即位の名目が成り立ちません」

良基の言葉に、尊氏は困ってしまい、亀屋と共に横に座っていた碧音に問いかけた。

「碧音様、何か良策はございませんでしょうか？」

碧音は、まず了解を求めるように兄の良基の方を見てから、尊氏に言った。

「もちろん三種の神器と治天の君は帝様の即位には必要でございますが、古代の歴史を遡りますと、第二十六代の継体天皇様は、先代の武烈天皇様が世継ぎを決めずに亡くなられたので、廷臣の大伴金村様や物部麁鹿火（もののべのあらかひ）様らが、越前より血縁の方を探し出して擁立されたと記録されております」

尊氏は膝を打って喜んで言う。

「そうですか。それでは私と良基卿が弥仁親王様を擁立すれば宜しいということですね」

「宜しいとは申しませんが、致し方なきことかと」

「それでは、治天の君には広義門院寧子様をお願いすることにいたしましょう」

尊氏が嬉々として帰っていった後、碧音が良基に言う。

「兄上様、あれで良かったのでしょうか？」

「良かったとは言い切れんが、こちらに帝様がおられない状態で足利方が賀名生を攻めることにでもなれば、天皇家自体がこの国から消えてしまう事態にもなりかねないのだから、致し方ないであろう」

碧音の横では、亀屋も致し方ないといった表情をしている。

こうして、南朝歴の正平七年、北朝歴の観応三年（一三五二年）九月、京の御所では、それぞれ関白と征夷大将軍に復位した二条良基と足利尊氏立ち合いのもとで、異例の即位礼が行われることになった。良基は言った。

「本来は三種の神器が必要ではありますが、足利尊氏殿を天叢雲剣（あめのむらくものつるぎ）、この良基を八尺瓊勾玉（やさかにのまがたま）、そして天照大神様を八咫鏡（やたのかがみ）と思召してくださいませ」

こうして弥仁親王は、後に後光厳天皇と呼ばれる、北朝第四代の天皇となった。

まさに良基にとっては、皇室存続のための苦肉の策であったが、このことで尊氏は大いに奮い立ち、京の守護を義詮に任せて関東を治めるため鎌倉に向かって行った。

しかし翌年夏、今度は九州にいた足利直冬が、吉野方から発せられた足利討伐の綸旨を得て、大軍を率いて京に向かって攻め上ってきた。北畠親房の戦略が、少し遅れながらも実現しつつあるのだ。

またまた尊氏不在の時に吉野方に攻められることとなった義詮は、今度は後光厳の帝を同行して、美濃国に逃れた。美濃は、かつて光厳上皇の車に矢を放って処罰された土岐頼遠の領地であったが、その際に二条良基の策で、頼遠以外の土岐一族を罰せずに土岐家を残したことが、ここで役立ったようである。

二条良基は、前回と同じく御所に残り、吉野方との折衝にあたっていたが、前回と違って吉野方に統制が取れていないことに気付いていた。佐々木道誉配下の甲賀の忍びからの報告で、どうやら総大将たる北畠親房の体調が優れず、的確な指示が出せていないことが原因らしいと、良基は知るのであった。

こうして、再び京の都を奪還した吉野方であるが、足利尊氏軍が戻ってきて戦になると、たちまち敗走してしまう。やはり長年の戦で鍛えた関東の武士には敵わないのである。

場面四

京の都が吉野方に奪われたり、足利方に奪い返されたりしている間、九州では晴れて菊池家の当主となった菊池武光が、着々と自らの夢の実現に向けて事を進めていた。足利方は九州制圧のために九州探題を設置し、何度も有力な武将を差し向けてくるが、菊池軍は悉く打ち破っている。

吉野方の征西府が置かれている菊池家の本拠である隈府（わいふ）城には、かつて後醍醐天皇が征西大将軍に任命した懐良親王がおられるのであるから、武光たちの戦意は高揚するばかりだった。武光の夢は、足利方とか吉野方とかいった権力争いではなく、懐良親王を国王として、この九州を独立国家とすることなのである。

武光は、そのための準備として、肥後と肥前の水軍と連携して海上での戦に備えると共に、陸上での戦を有利に進めるために、菊池千本槍部隊の拡充と共に、騎馬隊の組成を図っており、そこで目を付けたのが、堺の野田城にいる朋友の野田正孝と蒙古人のドルジであった。

野田正孝は、兄の正氏が四条畷の戦いで討死して、その子の正康が野田城主となってからは、甥にあたる正康の後見として活動していたが、今の堺には平和が訪れているので、親友である武光の誘いに応じて、ドルジたち蒙古兵部隊と共に菊池に出向いてみることにした。

隈府城は、既に都であるが如くの繁栄を見せており、度重なる戦乱で荒れ果てた京の都や、山奥深い地にある賀名生の都と違う風情がある。正孝と同じ齢の武光は親しく言う。

「正孝よ。この際、堺の野田城は正康に任せ、ドルジの部隊と共に、こちらに来ないか？」

正孝は、それも良いかなとは思いながら、やはり京にいる二条碧音の存在が忘れられない。

「有難い言葉だが、やはり私は堺に戻らねば」

武光は、碧音のことを思い出して言う。

「そうか、今でも碧音様のことを」

「実はもう十五年以上も会っていないのだが」

「そうか。どうされているのであろうか」

「風の噂では、兄の良基と一緒に、歴史書を書かれているらしい」

「歴史書か。俺も碧音様の歴史書に名を書いていただけるような人間になりたいぞ」

「亀屋も元気にしているらしい」

「随分と大きくなっているのであろうな」

「苔は生えていないようだがな」

そして武光は、以前に正孝たちに薩摩の港で語ったよりも具体化している自分の理想を語るのであった。

正孝は感心して言う。

「日本国に日本国王か。薩摩で聞いた時には夢物語かとも思ったが、さすがは武光、本当の話になりそうだな」

武光は言う。

「もし俺の夢が実現して日本国が成立したら、正孝は碧音様と一緒に九州に来いよ。あちらの国は良基に任せておけば何とかなるであろうし、亀屋も元々は菊池家のものなのだからな」

確かに、亀屋の最初の飼い主は、武光の兄であった菊池武吉である。

こうして二人が楽しく話している時、背後から声が掛かった。

「野田正孝様ではございませんか」

正孝が振り返ってみると、そこにいたのは大星由良之助と力弥の親子であった。

「由良之助殿、力弥殿、お久しぶりでございます」

正孝の言葉に、由良之助親子は深々と頭を下げて言う。

「高師直様の件では、正孝様には本当にお世話になりました。おかげで本懐を遂げながら、このように菊池様の大事業に関わらせていただくことができまして、どう感謝申し上げて良いか、言葉もございません」

そこで武光が言う。

「我々も、四十七人もの精鋭が加わって、とても心強く思っているぞ」

由良之助が言う。

「我ら四十七人、主君の仇を討った後は死ぬ覚悟でおりました故、菊池様の大願成就のためであれば命も惜しくありません」

こうして、菊池軍は大星由良之助一派に加えて、ドルジ率いる蒙古兵騎馬部隊も参入し、ますます戦力が充実してくるのであった。

野田正孝が菊池に行っていた南朝暦の正平九年、北朝暦の文和三年（一三五四年）四月、北畠親房が六十二歳の生涯を賀名生で閉じた。建武の新政の前の時代から後醍醐天皇を支え、今なお吉野方の総大将として君臨してきていた親房の死は、誰もを深い悲しみへと陥れるものであった。怨敵である筈の足利尊氏さえも、その報せに言葉を失ったという。

親房は、公家でありながら軍略にも長け、人数的には劣っている吉野方の勢力を全国各地に分散させることで、常に足利方は包囲されているとの疑念を持たせ、その心胆を寒からしめてきたし、また尊氏にとっては、直義や高師直との関係を上手く操作され、手玉に取られ続けてきた感があり、いつも忸怩たる思いをしていたのが、もう今はその存在がなくなってしまったという実感を持つことがなかなかできなかった。

そして吉野方は、親房の死を機として、三度目の都攻めを敢行してきた。

今度の攻撃の総大将は楠木正儀である。正儀は、足利方との戦闘を好まず、これまで総大将となることを辞していたのだが、今回は進んでその役を引き受けていた。正平の一統以来、二度にわたって吉野方は京を占拠したが、程なく足利方の反撃に遭って明け渡すという繰り返しが続いており、正儀には今回の結果も見えていたのかもしれない。

事前に足利方に攻め手側の軍勢の数などを敢えて知れるようにして、京を守る足利方の者たちを戦わずして退かせようとしていたのである。果たして、正儀の思惑通り、吉野方は戦わずして三度目の京の都奪還に成功した。

「これで親房様への供養を果たせたということであろう」

正儀はそう感じていた。

しかし、京の都は地形的に、攻め入るのは容易であるが、守るのは極めて難しいことを、正儀はよく承知しており、占領を長く続けようとは考えておらず、足利方が体制を整えて攻め入ってくると察した段階で、先に軍を退くのであった。そのことを、おそらくは足利方も分かっていて、吉野方が攻めてくると知ると先に立ち去り、暫くしてから戻って来るという、合戦とも言えないような馴れ合いの繰り返しになりつつある。

二条良基は、敢えて御所に残り、楠木正儀と面談していた。

「楠木正儀殿、お噂は耳にしておりました。お目に掛かれて嬉しいです」

「二条良基卿こそ、その御高名は吉野方にも鳴り響いておりますし、お目に掛かれて光栄でございます。また、かつて父が大変お世話になり、ありがとうございました」

正儀の亡き父である楠木正成は、良基と共に鎌倉幕府と戦った仲間だったのである。良基は、正儀は信頼できると考えており、今後のことについて腹を割って話そうと思っていた。

「正儀殿、今後どのようにして両朝の統合を図るべきとお考えか？」

正儀は答える。

「今は足利方の武家たちの打算で動いている状況ですから、時期尚早かと存じます。しかし、両朝の帝様に統合のお気持ちがあれば、いずれはその時機が参るものと考えております」

そして正儀は、良基の横に座っている碧音に向けて言葉を掛ける。

「もしや、二条碧音様では？」

「いかにも、そうでございます」

「私は野田正孝様を兄とも慕っております。碧音様のお元気そうなお姿を見て安心いたしました。正孝様にお伝えいたします」

碧音は、横にいる亀屋を指さして言う。

「こちらが正孝様ともご縁がある亀屋さんでございます」

「正孝様より、亀屋殿のお話も伺っておりました」

碧音は、すぐに正孝宛の手紙をしたため、正儀に託するのであった。

かつては、正孝が飼っていた白鳩の正鳩が定期的に便りを届けてくれていたのであるが、正鳩亡き今は、互いに便りを交わす機会がなくなっており、碧音にとっては数年ぶりに正孝と繋がる機会となったのである。

十二段目「最後の希望」

場面一

楠木正儀が吉野方の総大将として三度目の京の都の奪還に成功し、二週間あまりで撤退、その繰り返しが互いに愚行であることに気付いたのか、その後は京の都で戦乱が起きることはなく、平和な毎日が続いていた。

しかし九州では、その間に懐良親王を奉り、菊池武光が率いる征西府軍が、足利方が差し向ける軍勢を悉く撃破し、快進撃を続けている。

そして南朝歴の正平十三年、北朝歴の延文三年（一三五八年）四月、足利尊氏の病没が吉野方に伝わってきた。北畠親房亡き後、吉野方を取り仕切っている二条師基は、その耳を疑った。

「あの尊氏殿が？」

足利方にとっての北畠親房が不倶戴天の敵でありながら大きな存在であったのと同じく、吉野方にとっての足利尊氏は、まさに永遠不滅の巨大な敵なのであったが、まさか病によって呆気なく命を失うとは、俄かに信じられることではなかった。しかし、考えてみれば尊氏も既に五十歳を超え、息子の義詮が三十歳近くになっているのであるから、病没したとしても無理のないことではある。そして足利方では、尊氏に続く第二代征夷大将軍として義詮を指名した。

尊氏死去の報を知った楠木正儀は警戒を強めている。

「北畠親房様が亡くなられてから我々が京の都に攻め入ったが如く、尊氏殿が亡くなられて暫くすると、新将軍による吉野攻めが行われるやも知れんぞ」

正儀の言葉を聞いて、吉野方は来るべき戦の準備にかかっている。

その触れは、野田城を守る野田正康にも届けられた。既に二十歳になっていた正康であるが、戦の経験もなく、どうすればいいのか途方に暮れていた。これまでは叔父である正孝が細かく指導してくれていたのだが、正孝はまだ九州から帰ってきていなかったのである。

正孝は、九州統一が目前とは言え、まだまだ小競り合いが続く中、菊池軍の作戦参謀格として重用されてしまい、堺に戻る機会を逃していたのだ。特に最近では、一度は足利方と対峙するために菊池軍と組んでいた少弐頼尚が、再び裏切って足利方に与したりと、様々な混乱が起きているところに、尊氏死去の報せで動揺する者なども出てきて、調整役を担っている正孝は多忙な日々を過ごしていた。そして、菊池軍にとっては、いよいよ太宰府を治めている足利方につく少弐一族との最終決戦の日が刻々と迫ってきており、ここで正孝が戦線から離脱することを望んでいなかった。

隈府城では、玉座に懐良親王を戴き、菊池一族が軍議を行っている。

「我が軍の勢力は、新田、名和、赤星、宇都宮、草野、大野、西牟田などの一族を加えまして、総勢四万に達しております」

親王が武光に尋ねられた。

「して、敵側の勢力は如何に？」

武光は落ち着いて答えた。

「少弐以外に大友や城井などの軍勢や、足利方の残党なども多数加わっておるようでございますが、せいぜい六万かと」

自軍が四万に対して敵軍が六万であるのに関わらず、菊池一族の誰もが自軍の勝利を信じて疑わない。親王が言われる。

「そうか。数では劣るものの、知略に勝る我々に敗れる理由なしということか。ただ、我々にはその戦の先がある。くれぐれも皆、生きて帰るように」

親王のお言葉に、誰もが感服している。

そしていよいよ出陣の日が到来した。菊池一族を中心とする征西府軍四万は筑後川の南に陣を取り、少弐頼尚を中心とする足利方六万は北に陣を取って相対することとなるが、数で劣る征西府軍は、足利方の死角になるさらに北側に、騎馬部隊と千本槍部隊を擁した搦手の軍勢を配していた。そして、その搦手の軍勢が足利方に夜襲を掛けて合戦は始まり、一日中続いた戦闘の結果、遂に征西府軍が勝利を掴んだのである。

この戦いは筑後川の戦いと呼ばれ、後の時代には関ヶ原、川中島と並ぶ、日本三大合戦と称される程の大きな戦であった。この時に菊池武光が敵兵の血で染まった刀を洗った場所が、大刀洗（たちあらい）という地名となって現代にも残されている。

こうして征西府軍は太宰府に進出、遂に武光の念願であった九州統一が果たされることになった。

征西府という実質的に吉野方に属する勢力が九州を統一したことを聞いた足利義詮は焦っていた。父の尊氏が亡くなってて、自分が二代目征夷大将軍となってから、足利方に不利な状況ばかりが続いている。

義詮自身も、何度も吉野方に攻められて京の都から逃げ出さざるを得なくなるなどの失態を繰り返しており、将軍としての権威が保てないのではないかと懸念していたし、それ以上に九州を統一した征西府軍が上洛してくるという噂も、義詮にとっては心配の種であった。そして義詮は、周囲に促されるまま、九州勢が上洛してくる前にと考えて、また亡き父である尊氏への弔いの意味もあり、今のうちに吉野方を攻めておくことにして、関東からも軍勢を呼び戻し、万全の態勢の大軍で出陣することにした。

二条良基はそれを聞き、義詮軍が賀名生まで攻め込んだとすれば、その地に移されている前帝や前上皇、前皇嗣の方々に危害が及ぶのではないかと懸念していた。万に一つにでも、賀名生が全滅することにでもなれば、三種の神器も失われるであろうし、今後の皇統の維持に支障が起きることが、良基にとっての最大の心配事であった。そして良基は、御所に義詮を呼んで尋ねてみた。

「将軍様、この度のご遠征では、どのあたりまで攻め込まれるご予定なのでしょうか？」

義詮は、良基の懸念に気が付いているのか、こう話した。

「良基卿、この度の遠征は、吉野方を撲滅するのが目的ではなく、数の力で圧倒することによって、京の都に再び攻め入る気力を失わせ、上手く進めば降伏させることが目的でございますので、敢えて賀名生まで攻め入るつもりはございません」

「それなら結構なのですが、まずは上皇様たちをお返し願えるよう、吉野方と交渉していただければ」

「承知いたしました。攻め込むだけ攻め込んで、吉野方が和睦を申し入れてくれれば、上皇様たちの御帰京を条件といたしましょう」

当時、吉野方の後村上帝は賀名生を都にしながらも、大坂の住吉を行宮として、主として住吉に滞在しておられたので、良基は大坂が主戦場となり、野田城のある堺にまでは戦線が及ばないと油断していた。

しかし、後村上帝は足利方の出陣を知って、行宮を楠木正儀の地元である河内国観心寺に移したので、足利軍が堺を通ることになったのである。

場面二

足利軍は、京の都を出陣して着々と南進してきた。楠木正儀を総大将とする吉野軍も、大坂市中を防衛線として、数の上では劣る軍勢で勇敢に戦ったが、徐々に押されてくるようになってきた。そうすると、次に戦場になるのは堺である。

太宰府で足利方出陣の報を聞いた野田正孝は、急いで堺に戻ろうとしたが、船が悪天候で引き返すなど数々の障害に阻まれて、なかなか到着できない。そんな中、野田城の城主である野田正康は、足利方の攻撃を受けながら城を守るべきか、あるいは城を捨てて逃げ出すべきかの決断を迫られていた。家臣団の意見は完全に二分している。古くから野田家に仕えている年配の家臣が言う。

「先々代の正勝様が築かれ、先代の正氏様が守り抜かれた野田城、おめおめと足利方に明け渡す訳には参りませんでしょう」

しかし、若い家臣は言う。

「確かに先代正氏様は、知略で野田城を守られましたが、その際には稀代の策士である正孝様がおられましたし、またその時に活躍したドルジや千本槍部隊も今は菊池様のもとに馳せ参じており不在ですから、当時とは状況が異なります」

「何を言うか。そんな弱気なことでは、湊川の戦いや四条畷の戦いで討死された先々代や先代に申し訳が立たんぞ」

「もちろんそうではございますが、この城で戦いましては、領民の犠牲も考えられますし、敢えて負ける戦に挑むというのは如何かと」

「黙らっしゃい。野田家にそんな腰抜けの家臣がおるなど、恥ずかしいわ。」

このように、若い家臣と年配の家臣との意見が食い違って、なかなか結論が出ない。そこでまだ若い城主の正康が言う。

「以前の塩谷高貞様との戦では、正孝叔父様の策が見事に当たりましたが、同じ策が再び通じるとは限りません。和泉屋徳兵衛殿からの情報によれば、正孝叔父様は兵庫あたりまで着いておられるとの話ですから、とにかく正孝叔父様の帰還を待とうではありませんか」

正孝の名を聞いて、年配の家臣も一応は納得したようである。正康は続けて言う。

「とりあえず、領民には堺の町に避難していただきましょう。市内には戦が及ぶことはないでしょうから、私から和泉屋徳兵衛殿にお願いしておきます」

こうして、領民には堺の市内に避難するよう触れを出したのだが、領民の中には避難を潔しとせず、野田城で戦うと志願してきた者も少なからずいた。

正康は、かつての正孝の策を真似て、城の周囲の田に泥を入れて騎馬が進みにくくする仕掛けや、いばらの垣根を作って歩兵が突撃しにくい仕掛けを作ることにしたが、当時と違って鉄炮と千本槍がないことで、誰もが来るべき戦に不安を抱えたままであった。

そうしているうちに、大坂市内での戦局が足利方勝利で終結し、その勢いでもって一気に堺に侵攻してくる様子であることが、大坂から敗走してきた吉野方の兵士たちから伝えられ、また今回の軍勢は、これまでの塩谷高貞軍や高師直軍のような分別ある武将たちが率いているのではなく、関東から来た見も知らぬ者たちであるということを知り、いよいよ正康は城を守るか捨てるかの決断を迫られることになった。

「正孝叔父様の帰還は間に合わなかったが、我々は我々の戦をするしかありません。亡き祖父正勝は大楠公正成様に、亡き父正氏は小楠公正行様に、それぞれ殉じて果てましたが、私は楠木正儀様と共に最後まで戦いたいと思います」

足利方の予定より早い堺侵攻を聞いて、二条良基は和泉屋徳兵衛を通じて、一刻も早く城を捨てて避難せよとの文を野田城に送っていた。しかし、その文が正康の手元に届く前に、足利方の侵攻は始まってしまった。その頃、野田正孝はようやく堺の港に到着し、野田城に向かおうとしていたが、既に堺市内の外側は足利軍に囲まれており、そこから先に動くことができない。

野田城の戦いは悲惨を極めることになってしまった。最初の方こそ、正康が仕掛けた様々な策で足利軍の侵攻を止めることができていたが、所詮は多勢に無勢、いよいよ城門の手前にまで大軍が迫ってくるのであった。

「こんな時、ドルジの騎馬隊と鉄炮があれば」

「千本槍部隊がいれば」

「何よりも、野田正孝様がおられれば」

家臣がそれぞれに口にしているが、どうにもならない。

いよいよ城門を破られた時、正康が家臣を集めて言った。

「野田城はこれまでです。私は父と祖父の後を追いますが、逃れたい者は逃れてください。逃れることは恥ではなく、野田家の栄光を後世に残すための前向きな行動ですから、遠慮することはありません」

しかし、家臣は誰一人として逃れるという選択をしないようであった。そこで正康は重ねて言う。

「正孝叔父様はおられるとは言え、野田家の直系を滅ぼす訳には参りません。どなたか、この子をいずこかに逃していただけますでしょうか」

正康の腕には、三歳になったばかりの世継ぎである野田正忠が抱かれていた。そして、数人の若い家臣が正忠を預かり、裏門から秘かに逃れていった。残った家臣たちは、正康と共に全員が足利軍と勇敢に戦って果てたのである。

数日後、足利軍が楠木正儀の本拠地である赤坂城に向けて侵攻するため立ち去った後の野田城に、野田正孝が到着した。

「遅かったか」

焼け落ちて何も無くなってしまった野田城を見て、正孝は感慨に耽っていた。和泉屋徳兵衛が、その後に到着し、正孝に二条良基からの文を渡す。

「良基は、何とか野田城での戦を避けようと配慮してくれていたのですね」

正孝の言葉に徳兵衛が答える。

「そうでございます。良基様がおられるからこそ、足利方も無茶なことはせず、ここまで双方の帝様も御無事でおられるのでございます」

「そうですな。一日も早く良基と会って、事態の収拾を図らねばいかんと思っております」

「佐々木道誉様とも常に連絡を取っておりますから」

和泉屋の言葉に、正孝は驚いて言う。

「今も道誉様と？」

「そうでございます。道誉様は手前どもの店のくるみ餅がお好きとのことで、実は度々お忍びで堺にお越しでして」

正孝は、良基と道誉を通じて、何とか両朝統合を達成したいと、改めて感じるのであった。

場面三

足利方の軍勢は堺を破って楠木正儀の本拠である赤坂城に迫ったが、そこで楠木軍の抵抗に遭い、戦線は膠着状態に陥ってきた。その頃に京の都では、足利方の有力な武将たちが協議をしている。

「なかなか赤坂城を落とせないようですな」

「楠木正儀は、まさに底知れぬ力を持つ魔物、既に我が軍の中にも菊水の旗印を見ただけで逃げ出す者も出てきているようで、このままでは押し返されてしまうかも知れません」

「しかし、所詮は多勢に無勢、さらに援軍を派遣して、一気に勝負を付けては如何でしょうか？」

そこで佐々木道誉が発言した。

「将軍様、もうこのあたりで宜しいのでは？」

これまでの経緯や、京の都を追われた経験などから、楠木という家名を実際以上に恐れている義詮は、本音を言えば早く戦をやめたかったので、大御所である道誉の言葉を待っていたようである。

「道誉殿、その通りと存ずる。ここまで叩いておけば、もう吉野方も京の都に攻め上っては来ないでしょうから」

こうして足利方の侵攻は終結し、二条良基が望んだ和睦条件である持明院統の皇族方の返還は無事になされることになった。

引き上げて行く足利軍を眺めながら、野田正孝は思っていた。どうして戦を止めることができないのだろう。どうしてこんなにも死ななくてもいい人たちが死ななければならないのだろう。かつて野田、菊池、そして二条という、生まれも育ちも立場も違う若者たちが、鎌倉幕府の勢力に追われて堺の町で共に暮らしていた頃、彼らはいつも話していた。世の理不尽を無くそうと。しかし、あれから三十年近く経過しているのに、世は何一つ良くなってはおらず、ますます理不尽なことが罷り通っているではないか。

そして正孝は、亡き正康の遺児である正忠を、野田城の近くにある西寶寺に預けた後、次なる戦略を考えるため、九州の菊池武光の所に戻ることにした。

その頃、楠木正儀は、次の戦略として、この一年以内に吉野方の体制を整えて、もう一度だけ京の都に攻め入る準備に入っていた。

足利方は、常に関東には軍勢を置いておかなくてはならないし、また九州の征西府の侵攻を止めるために中四国地区にも人を割かなければならず、京の都の防備は常に手薄なので、正儀にすれば攻め入るのは容易なのである。しかし、毎回のように攻め入っては撤退という繰り返しになることは分かっているので、今度こそは足利方に譲歩させて、少なくとも両朝の統合だけは実現したいと正儀は思っており、吉野方の二条師基もその戦略に賛同していた。

こうして南朝歴の正平十六年、北朝歴の康安元年（一三六一年）十二月、楠木正儀はこれを最後と考えて京の都に向けて出陣した。今回は、互いの被害を少なくするため、吉野方が実際より以上の大軍であり、京の都を守る足利方の軍勢はひとたまりもないだろうとの噂を流していた。正儀の思惑通り、吉野方が来る前に、足利軍は全員が撤退して、京の都はもぬけの殻と化しており、両軍が矛を交えることなく、簡単に吉野方が京の都を占領している。

一方、吉野方が敢えて流しているのであろう情報を耳にした佐々木道誉は、一つの策を案じた。京にある自分の屋敷から避難する際、そこに草花を飾り付け、酒食の用意もして、数人の給仕まで残して去ったのである。道誉は給仕たちに言い残している。

「この屋敷に一番乗りで来られるのは、吉野方きっての名将に違いない。どなたが来られても丁重におもてなしせよ」

果たして、道誉の屋敷への一番乗りは、総大将の楠木正儀であった。正儀は、これまで野田正孝から、バサラ大名と呼ばれている佐々木道誉の言動や、道誉は実は両朝の和睦を願っているということを知っていたので、この道誉の策に乗ってみようと考え、同行した武士たちと共に道誉が用意してくれていた酒食を楽しみ、そして人を雇って屋敷をさらに綺麗に磨いた上で、新しい甲冑と太刀を取り出し、それを給仕の者に渡して言った。

「主殿が戻られましたら、ご馳走になって感謝するとお伝えくだされ。この甲冑と太刀は楠木正儀からの返礼品であると」

正儀は、あと数日か、せいぜい半月程度で吉野方の京の都占領は終わり、また道誉が戻って来ることになると最初から分かっていたのであろう。噂に高いバサラ大名と、楠木家の若き当主とは、この段階では直接会ってはいないが、以後は心を通じ合わせることになるのである。

京から撤退した後の楠木正儀は、その後の七年近くにわたって、常に佐々木道誉と連絡を取りながら、両朝統合のための和睦条件を詰め続けた。しかし、些細な部分の違いから、なかなか和睦は実現しなかった。

そして南朝歴の正平二十二年、北朝歴の貞治六年（一三六七年）十二月、第二代征夷大将軍の足利義詮が死去し、まだ十歳の義満が将軍職を継ぐことになった。

さらにその翌年の南朝暦の正平二十三年、北朝暦の応安元年（一三六八年）三月、後村上帝が崩御され、後に長慶天皇と呼ばれる二十六歳の寛成(ゆたなり)親王が即位された。

こうして、足利方は年少の将軍に代わって管領の細川頼之(よりゆき)が取り仕切るようになり、頼之は佐々木道誉と同じく両朝講和派で楠木正儀とも親交があったので良かったのであるが、長慶の帝は武闘派で、講和を説く正儀とは悉く意見が食い違っている。長慶の帝が強気になられる一番の理由は、九州を統一した征西大将軍である懐良親王を戴き、猛将・菊池武光を擁する征西府が、いよいよ京の都に向けて侵攻を開始するのではないかとの情報を得ていることであった。

そして南朝暦の正平二十四年、北朝暦の応安二年（一三六九年）一月、吉野方にとって、誰一人として想像もしていなかった驚天動地の事件が起きた。吉野方総大将であり、武家でありながら公家の官職である兵衛督(ひょうえのかみ)という高い身分まで与えられている楠木正儀が、こともあろうに足利方に出奔したのである。

この出奔の理由は、正儀があまりにも強硬に足利方との戦いを望む長慶の帝に愛想を尽かせ、和睦派である佐々木道誉、細川頼之、そして二条良基がいる足利方に移って、早期の和睦を実現させようと考えてのことだった。

十三段目「遥かなる日本国」

場面一

その頃、征西府の本拠地である太宰府は、まさに一つの国の首都という風情を示していた。

ある時、元帝国に代わって中国全土の支配者となった明帝国からの使者が、太宰府に皇帝の親書を携えて訪れてきた。当時は、中国側からは倭寇と呼ばれていた海賊のような者たちが、明帝国の貿易船などを襲撃して略奪する事件が続発しており、困った皇帝が倭の国に国書を送って対応を求めようとしたらしく、使者は太宰府が首都であると思って来たらしい。

そこで、懐良親王から相談された菊池武光は、明帝国を後ろ盾にするため、一計を案じた。明帝国と日本国との正式な国交を開始することを提案すると共に、返書に『日本国王良懐』と書いて返したのである。その後、明帝国からの返書が届き、まさに武光が夢にまで見ていた日本国と日本国王が、正式に明帝国の承認を得たのだ。

そして征西府では、その勢いでもって京の都を攻めるべきとの意見が多くなってきた。武光自身は、あまり京の都には興味がなく、むしろ九州を独立した日本国として安定的に治めたいという気持ちであったが、吉野方で新たに即位した長慶の帝からも再三の出陣の催促を受けたことから、東征の是非を問う軍議を開くことになった。

武光に請われて再び菊池軍に合流していた野田正孝は、今は九州の地盤を固める時期であり、京の都を攻めるべきではないと諭す。

「京の都は攻めるには容易であっても、守るのは困難な地であり、武力でもって制圧するには向いておりませんことは、楠木正儀様の三度にもわたる京攻めで証明されております。今は足利方の政権も安定しておりますので、先に政治的な交渉でもって地盤を固め、平和的に両朝統合を実現することが唯一の解決策であると私は以前より考えて参りました」

しかし、すっかり勢いが付いてしまった征西府の面々は、正孝の意見を弱腰としか捉えようとはしない。

「我が菊池軍の軍師格たる野田正孝殿のご意見であっても、足利方を恐れるようなご発言は如何なものかと」

「長慶の帝様からの綸旨も賜わっておるし、出征せねば菊池家の面目が立たんであろう」

「我が軍には足利を憎む者も多くおります。今こそ積年の恨みを晴らす好機かと」

しかし正孝は言う。

「恨みと申すならば、足利方の者たちも同じこと、互いに恨みを晴らし合うというような愚行を繰り返してはなりません」

その言葉に、今は菊池軍に所属している大星由良之助も言う。

「正孝様の言われる通り、恨みは恨みを呼び、憎しみは憎しみを呼び、無限に連鎖いたします。私どもがここで命を長らえ、日本国のために働けていますのも、高師直様が果てられる際に、次なる恨みへの連鎖を断ち切ってくださったからこそそのことでございます」

しかし、この由良之助の言葉も、武闘派の面々の心に響くことはなかったようで、好戦的な意見を持つ者たちとの調整が付かない。そして、議論をまとめなければと考えた菊池家の古い家臣が言う。

「それでは、菊池家の家訓である寄合衆内談の事に従い、当主の武光様に決めていただきましょう」

武光は困っていた。確かに野田正孝や大星由良之助の言うことは間違っていない。しかし、菊池軍の多数の意見を抑え込むこともできそうにない。そして武光は苦渋の決断を下した。

「菊池家としては、和戦両面から取り組みたいと考える。まず野田正孝殿には京に出向いていただき、和睦の策を講じていただくことにしよう。幸いにも、京には私の友である二条良基様が関白として君臨しておられるし、佐々木道誉様や細川頼之様のような穏健派もおられ、さらに最近あの楠木正儀様も加わられたと聞いているので、和睦は夢ではないと考える。しかし、一方で和睦が叶わぬことも考えられるので、我々は出征の準備に取り掛かることとする。各々方、異議はないか?」

菊池家当主としての武光の意見に、誰も異議を申し立てる者はいなかった。

その頃、京の都では、正孝や武光が考えた通り、関白の二条良基、管領の細川頼之、そしてバサラ大名でありながら今では大御所となっている佐々木道誉などの穏健派が、新たに加入した楠木正儀と両朝の平和的な統合の手段について協議している。最初に頼之が言う。

「楠木正儀殿を失った吉野方は、今や将なき烏合の衆、こちらから和睦の条件を出せば応じるのでは?」

しかし、事情通の道誉は言う。

「私の配下で、吉野方に潜入させている甲賀の忍びからの報告では、今般即位された長慶の帝様は何ゆえか強気で、京の都に攻め上ると言っておられるようですぞ」

　そこで正儀が言う。

「私を裏切り者として成敗すべしとの意見も少なくないようでございまして、簡単には和睦に応じますまい」

　頼之が言う。

「では、大軍をもって吉野を攻めると見せかけて、吉野方が弱気になった機を見て和睦を申し入れますか。」

　しかし良基が言う。

「見せかけであっても軍は軍、多少の合戦も起きましょうから、犠牲も出ることでしょう。もう双方に犠牲を出したくはありません」

「その通りですな」

　道誉が答えた後、良基が言う。

「実は九州の菊池家から密使が参っておりまして、九州全域を日本国として独立させたいので、承認をいただきたいというのです」

　一同は驚き、頼之が言う。

「何と、これはまた破天荒なことを。菊池は何を考えているのか」

　そして良基は言う。

「何でも、既に大明国からも承認を得ているとか。そして、もし幕府が承認するなら東征は中止すると」

「大明国が後ろ盾ですか。これは只事ではないですな」

道誉の言葉に、良基が答える。

「菊池軍の代理として野田正孝殿が堺に戻っておられるそうなので、話を聴いてみましょう」

野田正孝という名を聞いて、楠木正儀も佐々木道誉も、信頼に足る人物が関わっていることで、少し安心した様子であった。

場面二

吉野方では、穏健派の二条師基と、武闘派の長慶の帝との意見が幾たびも衝突していた。総大将であった楠木正儀が足利方に移って以来、それを寝返りと批判する勢力が帝の意見を支持するようになり、師基は孤立状態となってきている。師基は、姪であり、亡き後醍醐帝の女御であって、今は出家している栄子に相談してみた。栄子は予知能力を持っており、これまでも度々、師基は危機から救われた経験がある。すると栄子は断言した。

「足利方と戦ってはなりません。今、良基たちが両朝和睦の策を練り上げているものと思われますので」

「なるほど。しかし、帝様のお気持ちを抑えないと、周囲の者が乗せられてしまうから、困っておるのだ」

「それでは、帝様のお気持ちを、戦以外の方面に逸らせるという策は如何でしょうか？」

「なるほど、ちょうど宗良親王様が信濃国から吉野に戻られるということらしいから、歌会でも開催するか」

後醍醐天皇の皇子であり、長慶の帝の伯父にあたる宗良親王は、建武の新政前から後醍醐天皇と共に戦い、後村上天皇からは征夷大将軍に任命されて、長く関東で戦っていたが、最近に隠居されて、吉野に帰ってこられるとのことであった。そして親王は高名な歌人であり、また親王の母は二条家の出自であって、師基や栄子とは親戚関係にもあたる人なのである。

師基の思惑通り、宗良親王が吉野に来られてから暫くの間は長慶の帝も過激な行動を取らなくなっていたが、やはりそれに不満を持つ者も多く、吉野方に与していると思われる全国各地の武将などに勝手に足利方討伐の綸旨を送り付ける者が出てくるなど、混乱が始まっていた。

最も混乱したのは、九州の菊池家である。当主の武光の考えで、和戦両面の策を取り、足利方との和睦交渉を優先して東征を先送りにしている菊池軍に対して、長慶の帝名義の綸旨が送られていることを、九州を包囲している足利軍が知ることになり、両軍の間に緊張が走り始めた。そして、征西府側に属していても菊池軍以外の好戦派の中には、海を渡って足利方の軍と小競り合いなどをする者なども出てきて、やがて菊池家からの統制も利かなくなってくる。

その頃、野田正孝は堺に帰ってきていた。両朝の支配が及ばない中立都市となっている堺において、足利方との折衝をしようと考えていたのである。特に佐々木道誉は、くるみ餅という和泉屋徳兵衛の店の名物が大好物で、度々お忍びで通っているということを正孝は知っていたので、徳兵衛を通じて道誉が来る日に、奥座敷で面談ができるよう準備をしてもらっていた。以前から正孝を知る道誉は、開口一番に言う。

「正孝殿、今や菊池軍の軍師格、いや日本国の参謀格らしいですな。さすがは堺が誇る天下の策士」

「いえいえ、たまたま武光殿と、この堺で若き日を過ごした友であったというだけのことです」

「しかし、正孝殿不在の間の野田城のご不幸、足利方の一員としてお詫び奉る次第です」

「あれは城主である正康が選んだ道、領民はこの堺の町に避難したようで、被害が少なったのが不幸中の幸いでした」

「そうですな。これ以上、無辜の民を戦に巻き込んでは、政が成り立たなくなります」

「そのことから、我が日本国は、足利方との戦を望んでおりません」

「それは足利方も同じことです」

「もし九州の独立を認めていただけるのであれば、九州外への攻撃はいたしません」

「それは有難い話ではあるのですが、問題は九州を追われた足利方の者たちが、奪還を目指していることです。彼らには彼らなりの利権があったようですからな」

「我々日本国に従っていただけるのであれば、元の領地くらいはお返しする所存ですが」

「それが分かっていても、過去の恨みつらみを捨てきれないのが人の弱さです」

「そうかも知れませんが、そこは時間を掛けてでも何とか摺り合わせたいものです」

「それと、吉野方の長慶の帝様にも困っております」

「足利方と我々日本国とが和睦したなら、吉野方には我々から両朝統合を勧める文書を出す所存です。長慶の帝様は、我々が足利方と戦ってくれると過大に期待しておられるようですし」

こうして、野田正孝と佐々木道誉との間では、日本国が九州のみを勢力圏とすることで合意に至り、道誉がその話を持ち帰って二条良基と細川頼之にも承諾を得たので、足利方首脳陣の間では、征西府との戦いを回避することが決まり、正孝からの使者によって太宰府にもその情報が伝わった。

しかし、既にその頃、九州と本州の中間あたりでは、両軍の小競り合いが日々続き、一触即発の状況に陥りつつあった。九州の西側に位置する日本国の首都となった太宰府と、反対の東側とでは、密な連絡を取ることが難しかったのである。

菊池武光は悩んでいた。自分たちの中では九州を独立した日本国であると認識していても、周囲から見れば吉野方の一員であることには違いなく、そして配下の武将たちに、吉野方の長慶の帝からの足利方討伐の綸旨が何度も届いているという現状であり、武将たちもどう動けば良いのか分からないところに、以前の所領の奪還を図る足利方勢力の攻撃などもあって、双方の首脳部の思惑とは違う形で現実が進みつつある。

そうしているうちに、本州の西端に位置する長門や周防方面の足利方勢力と、九州の東端に位置する豊前や豊後の征西府方勢力の衝突が始まり、やがて本格的な合戦に突入してしまった。そして、その戦を止めるために豊前に向かった菊池武光の留守を狙って、首都の太宰府が足利方の攻撃に遭う。

こうして、なし崩し的に戦闘が始まってしまい、どうにも止められなくなってしまった。

武光から連絡を受けた堺にいる正孝は、和泉屋徳兵衛に言う。

「私の動きが遅かったのが悔やまれます」

「いえ、正孝様は十分に働かれました。佐々木道誉様と対等に話ができる者は、吉野方にも数少ないですぞ」

「しかし、結果が伴わないことには、意味がありません」

「それにしても、戦を好む人の性、残念なことでございますね」

「そうですね。これで両朝統合が二十年くらいは遅れるかもしれませんね」

実際、正孝が予言した通り、両朝の統合は、この時から二十年先のこととなるのである。

場面三

九州では激しい戦闘の末、日本国の首都である太宰府が足利方に奪還されてしまった。

菊池武光は、太宰府を離れる際に、大星由良之助一派の者たちを招集して言った。

「大星殿。もう十分に働いていただいたので、これを機に、帰参されては如何かな？」

亡き塩谷高貞の遺児である冬貞が、足利方ではあるが、旧領を回復したと由良之助らは聞いていたが、帰参のことは考えていなかった。しかし武光は、ここまでと決意したのであろう。

そして由良之助一派は、旧領の出雲に帰って行った。

その後、不幸にも武光は、高良山（こうらさん）での合戦で重傷を負ってしまう。懐良親王は、辛うじて戦場からは逃れたが、再び歴史上にその名を現すことはなかった。

自らの命が長くないことを悟った武光は、朋友である野田正孝と二条良基に向けて、我が力は及ばなかったが、一日も早い両朝の統合を望むとの内容の手紙を書いた。

手紙を受け取った正孝は、朋友の最後を見届けるべく、すぐに九州に向かって出立したが、武光は正孝の到着を待つことなく、その命を終えることになってしまう。

その手紙は、残念ながら京の都に届けられることはなかったが、碧音は西南の方向に向けて大きく口を開けている亀屋の異変を見て、もう三人目となる友との永遠の別れを悟った。

「武光様・・・」

こうして、懐良親王と菊池武光が抱いた日本王国建設の夢は、あと一歩というところで崩壊したのである。

その後は、好戦派であった吉野方の長慶の帝も、二条師基の策で歌会に気を逸らされていたこともあるが、何よりも最も頼りにしていた征西府を失ったことから、以前のように過激な発言をすることはなくなってきた。

足利方でも、関白・二条良基と管領・細川頼之、そして大御所の佐々木道誉が和睦派であり、機を見ての両朝統一が期待されるようになってきている。しかし、足利方の中には、斯波家、土岐家、山名家など、それを良しとしない勢力が存在していた。そして、年少で征夷大将軍に就任し、管領の細川頼之に政を任せていた足利義満が成長してきた機を見て、反細川派が勢力を拡大し、遂には義満の住む花の御所を取り巻いて頼之の管領退任を迫るという、高師直以来の『御所巻』まで起きて、頼之は失脚することになってしまう。

その頃の二条良基は、従三宮という、かつて吉野方で北畠親房が就いたのと同じ、公家としての最高位にあり、若い征夷大将軍・足利義満の教育係としても権勢を振るっていたので、細川頼之の失脚には影響されなかったが、何よりも痛手だったのが、長年にわたって協力関係にあった佐々木道誉が亡くなり、その後継者である佐々木高秀が反細川勢力に入ってしまったことである。そのようなことから、良基は両朝統合の話が進められなくなってしまっていた。良基は、楠木正儀を呼んで言った。

「正儀殿、このままでは我々の念願である両朝統合が実現できないまま、時間だけが過ぎて行くのではないかと思います。何か打開策はありませんでしょうか？」

そこで正儀が言った。

「聞くところによりますと、吉野方では長慶の帝様が、今では多少は落ち着かれたとは言え、今もなお足利方との戦いを望んでおられるとか、これは吉野方の内部から変えて行かねばならないと考えます」

「内部から、ですか」

「私が再び吉野方に帰順すれば、両朝統合の機運が高まるのではなかろうかと」

「なるほど。正儀殿は、私たちと意を通じた上で吉野方に赴かれ、内部から改革していただけるということですな」

「はい、首尾良く運ぶかは分かりませんが、最後のご奉公と思って努力いたします」

こうして、楠木正儀は吉野方に戻って行った。

正儀が去った後の吉野方は、総大将を失って統制が取れない状態になっていたので、正儀の帰還を喜ぶ者が多かったが、中には反発する者もあり、なかなか思惑通りに事は進まない。

正儀が最初に手掛けたのが、好戦的な傾向が強い長慶の帝に御退位いただき、穏健派の皇太弟である熙成(ひろなり)親王を帝位に就けることであった。熙成親王は、既に長慶の帝の東宮として政務を補佐しており、人柄も温厚で、かなりの数の支持者を持っていたので、そこに楠木正儀が加わることで、長慶の帝も退かざるを得なくなったようである。

しかし、吉野方の一部の過激派は、退位した長慶上皇をかついで、吉野方のもう一つの都があった三河で挙兵したり、それに敗れた後は富士山あたりに大本営を築いたり、最後は陸奥・戸来(へらい)の地まで逃れてまでも、足利方と戦い続けたと言われている。

　建武の新政から数えても既に五十年、鎌倉倒幕の動きが始まった正中の変から数えるならもう六十年が経過して、未だに帝は二人存在するままであり、最終的な解決の目途は付いていない。

　若き日を堺の町で過ごした野田家・菊池家・二条家の六人も、半数が既に亡くなり、残っている三人も六十歳を超える年齢になっている。二条良基は、妹の碧音を呼んで言う。碧音の横では、遠い昔と何も変わらない風情の亀屋が佇んでいる。

「碧音よ。私たちも歳を取ってしまったが、まさかここまで世の平穏が訪れないとは夢にも思っていなかった。碧音には本当に申し訳ないことをしたと悔やんでおる」

「いえ兄上様。碧音は兄上様と共に碧鏡を書き終えるという、人生を掛けた仕事がございます。この仕事を兄上からいただけたからこそ、碧音の人生には意味があったと思っております」

「碧鏡はまだまだ続きそうだな」

「碧音は、この物語の最後まで生き抜き、亀屋さんと共に見守る所存でございます」

「そうか、心強いぞ。残念ながら私は物語の最後まで見届けることはできぬようだ」

　長年の激務と心労の影響もあって、良基の体は、いろいろな部分で故障をきたし始めているのだ。それに比べて、碧音は亀屋と同じく、今でも昔と変わらぬ若さと美貌を保っている。

　良基は言葉を続ける。

「碧音は不思議な奴だな。兄は老いるのに、妹は老いぬのか」

碧音が答える。

「私には、まだ叶えねばならない夢がありますから」

その頃、野田正孝は九州で征西府の敗戦処理交渉などを済ませて、ようやく堺にまで戻ってきていた。そして正孝は、八十歳を優に超えても、未だに元気で和泉屋を切り盛りしている徳兵衛と会った。

「徳兵衛殿は、どうして歳を取られないのですか？」

「私には、まだ叶えねばならない夢がありますから」

徳兵衛の答えは、碧音と同じであった。

「徳兵衛殿の夢とは？」

「正孝様と同じ、戦のない平和な世界でございますよ」

「そうですね」

「私は、この餅のように粘り強く、その夢が実現する日まで生きていたいと思っております」

くるみ餅を食べながら、徳兵衛は昔のことを思い出していた。

若き日の野田家・菊池家・二条家の六人は、ある者は死力を尽くした戦いの末に命を散らせ、ある者はこの乱世を精一杯生き抜いている。しかし、残念ながら、和泉屋徳兵衛はこの翌年、夢の実現を見ることなく、八十八歳の米寿を過ぎてすぐに、帰らぬ人となってしまった。

場面四

南朝歴の元中五年、北朝歴の嘉慶二年（一三八八年）、二条良基は、また摂政の地位に就いた。もう何度目かが分からないくらいなのであるが、それ程に持明院統側の公家に人材がいなかったのであろう。

良基は、これまで粘り強く足利方の武将たちと交渉し、また吉野方に移った楠木正儀とも通じながら、年少である持明院統の後小松の帝と、帝を補佐して院政を敷く後円融上皇を、機を見て吉野方にいる大覚寺統の後亀山の帝に引き合わせ、両朝統合を実現するための努力をしていた。しかし、何度も何度も実現直前まで至ってから、些細なことで先送りとなったり、話自体がいったん消滅したりの繰り返しであった。

「ああ、もう間に合わんか・・・」

碧音に向けて弱音を吐く良基であったが、碧音はしっかりした口調で言う。

「後小松の帝様は、一刻も早い吉野方との和睦を望んでおられますし、義満将軍様もこの件は兄上に任せてくださっているのですし、楠木正儀様も吉野方で尽力してくださっているのですから、間もなく時期が訪れるものと思います。兄上様には今暫く頑張っていただければ」

「そうだな。あとは吉野方との和睦の条件で、どう折り合いを付けるかだけなのだが」

「誰もが戦に疲れ、小異を捨てて大同につく時が迫っていると感じております」

「碧音がそう言うなら、おそらく和睦の時期は近いな。しかし、私はさすがにもう体がもたぬ。そこで提案なのだが、この際、正孝を京の都に呼び寄せてはどうかな？」

その頃の正孝は、堺に滞在して、両朝からの連絡を受けて調整する役割を担っていたが、その名は京の都の足利方にも知れており、未だに元気にしていると碧音は風の噂では聞いていた。そして碧音は、正孝に手紙を書いた。この頃になると、南北間の緊張も緩んでいて、かつてのように鳩を飛ばさなくとも手紙のやり取りくらいはできる状態になっていたのである。

「堺にて初めてお会いしてから早五十年余が過ぎましたが、お目に掛かれる機会が少ないまま、ここまで参りました。しかし、互いの最後は互いに見届けることができればと願っております」

碧音からの文を読んだ正孝は、京の都に移る決意をしたが、間もなく吉野方から、楠木正儀死去の報せを受け、心が揺れ動くことになる。病床の正儀は、周囲の者たちに、自分の後を野田正孝に任せたいと語ったとのことなのである。確かに、正儀を失った吉野方では、統制が取れなくなり、せっかく進みつつある両朝統合の機運が後退するかもしれない。こうして正孝は、京の都に未練を残しながら、吉野方の都である賀名生に向かうことになった。

そして間もなく、二条良基は六十九歳の生涯を終えた。五摂家と呼ばれる摂政や関白の地位を独占する藤原氏直系の家柄に生まれ、鎌倉幕府の弾圧に遭って一時は没落するが、最後まで皇統の安定を願って生きた人であった。また、没落時に出会った野田家や菊池家の若者たちとの交流を貴重な経験として、公家側の見方ばかりではない幅広い発想を持っており、武士や庶民などを決して差別することなく対等の人間として接する気持ちがあり、歌人としても超一流の実績を残し、さらに名著・増鏡を著すなどの、類稀なる人物でもあった。

良基は、自らの死をも両朝統合への契機とし、また碧音と正孝を再会させる機会にしたかったのであろう。

良基の葬儀には、彼の遺言により、足利方も吉野方もなく両朝から有力な公家や武将が参列し、誰もが良基の偉大な功績を偲んでいた。

また、そこには野田正孝も参列し、二条碧音との再会を果たせることになった。

「碧音様。お変わりのない様子で、嬉しく思います。もしやこの亀はあの亀屋では？」

さすがに年齢こそ重ねているが、碧音の姿も亀屋の姿も、正孝が若き日に見たままであった。

「正孝様こそ、ご立派になられて、感激でございます」

正孝は言った。

「良基亡き後、お一人ではご不安のことと思います。幸い、賀名生の方も落ち着いた状況になって参りましたので、間もなく両朝統合が実現し、私も京の都に移り住めることと思います。今暫くお待ちください」

こうして正孝は賀名生に戻り、両朝統合に関する足利方との最終協議に入ることになった。

足利方の方も、美濃の乱、明徳の乱と呼ばれる地方大名の反乱などが相次ぎ、将軍義満も一日も早い両朝統合を願うようになってきていたし、持明院統の天皇や上皇たちも、吉野方の後亀山の帝の温厚篤実な性格を知って、そろそろ統合をすべきと考えるようになってきた。

誰もが、亡き二条良基の生涯を掛けての願いを実現すべきと思うようになってきたのだ。

後醍醐天皇以来の歴史を記した碧鏡を書き進めている碧音も、いよいよその完結が近いと感じ始めていた。

こうして、後の世で明徳の和約と呼ばれる両朝統合の約定が定まり、いよいよ賀名生の後亀山の帝が京の都に向かい、後小松の帝に三種の神器を引き渡す『国譲りの儀式』の日時が決定した。

いよいよ正孝が京の都に来る。碧音の心は、喜びと不安と戸惑いに満ちている。

しかし普段になくあたふたと動き回ろうとする亀屋の様子を見て、碧音は悪い予感を持った。

「もしや、正孝様の身に」

碧音が懸念した通り、両朝統合の最終交渉を終え、積年の疲れが一気に出た正孝は、寝込むようになっていた。いたが、最後の気力を振り絞って、和約の式典に間に合うよう賀名生を出発し、京の都に向かっていた。しかし、途中の堺で歩けない状態に陥ってしまっていたのだ。

その報せを聞いた碧音は、周囲の反対を押し切り、亀屋を連れて堺に向かう。碧音にとっては、五十年以上も足を踏み入れたことのない堺の町である。正孝は、和泉屋徳兵衛の跡を継いでいる和泉屋清兵衛の屋敷で療養していた。碧音を迎えた正孝は言う。

「残念ながら、私はもう京の都まで行くことはできません。後のことは碧音様にお任せいたしますので、よろしくお願い申し上げます」

正孝の様子を見て、気休めの言葉を掛けるべきではないと判断した碧音は、しっかりとした口調で言う。

「承知いたしました。この混乱の世の果て、私が最後まで見届けます」

「そして、碧鏡でもって後世までお伝えください」

「思えば、この堺で野田正氏様、菊池武吉様、菊池武光様、そして兄の良基と六人で過ごした日々が懐かしゅうございます」

「そうですね。遂に碧音様お一人が残られることになりましたな」

「はい、でも亀屋さんがおりますから、淋しくはございません」

碧音には、それ以上の言葉がなかった。こうして野田正孝は、最期は碧音に看取られて、波乱の生涯を静かに閉じた。亀屋も淋しそうに正孝を見送っている。

数日後、京の都では和約の行事が執り行われ、これをもって遂に両朝は統合し、六十年以上にわたる帝が複数存在するという歴史的に異常な状況は解消された。

その後、足利義満将軍によって後に金閣と呼ばれる北山殿が建立されるなど、後に東山文化と呼ばれる平和で華麗な時代が到来することになった。

しかし、その後も和約の際の両統迭立の約束が守られないなど、旧吉野方からの不満が続出し、徐々に室町幕府の権威も衰退、武家同士の対立から応仁の乱が始まり、やがて戦国時代と呼ばれる南北朝時代を上回る戦乱が繰り返される時代に突入してしまい、平和な時代は短期間で幕を閉じるのである。碧音は、碧鏡を次の言葉で締めている。

戦を好み、戦をせずにはいられない人たち、また戦をさせることによって利益を得る人たち、そして恨みを返すに恨みをもってする人たちが存在する限り、残念ながら、この世から戦はなくならないのかもしれない。しかし、亡き人たちのために祈りを捧げ、心から平和を願い続ける人たちがいる限り、この世から希望がなくなることはないであろう。

大詰

碧鏡を完結した二条碧音は、亀屋と共に賀名生の地を訪れていた。ここは、かつて吉野方と呼ばれた人たちが、京の都に復帰する夢を抱きながら、長い時間を過ごした地である。

碧音は、初めて訪れた賀名生の地を見て、かつてここに都があったとは信じ難い山村であることに驚いていた。そして碧音は、山の中腹にある尼寺を訪ねている。

「庵主様、私は二条碧音と申します」

年老いた尼である庵主は、その名を聞いて驚いた表情で言う。

「あの、二条良基様の妹様ですか？」

「そうでございます。庵主様のかつてのお名前は、弁の内侍様でございますよね？」

弁の内侍は、かつて楠木正行の想い人であり、正行戦死の後は、この寺に入っていたのである。この寺は、最初は碧音の姉でもある後醍醐の帝の女御であった二条栄子が開き、塩谷高貞の妻であった顔世御前なども加わっていたらしいが、今は弁の内侍が庵主となっているのであった。

碧音は言う。

「何もかも無くなってしまいましたね」

弁の内侍が答える。

「これで良かったのでございます」

その後、碧音はゆっくりとした足取りで、かつての吉野方の夢の跡を辿って歩いていた。すると碧音は、一人の僧侶に声を掛けられる。碧音は、その僧侶の顔に見覚えがあると感じていた。僧侶は言う。

「もしや、二条碧音様ではございませんでしょうか?」

「そうでございますが。貴方様は?」

「私は空心と申しまして、堺の大悲山西寶寺の住職を務めさせていただいております」

「堺の西寶寺と言えば、もしや野田一族の?」

「そうでございます。私の元の名は野田正忠と申しました」

かつて野田城と共に討死した野田正康の子で、正孝の甥の子にあたる正忠は、野田城の落城後は剃髪し、城に近い西寶寺を大悲山と名付けて、亡くなった人たちの菩提を弔っているとのことである。碧音は言う。

「私は、空心様の大叔父様にあたります正孝様とは生涯の御縁でございました」

「大叔父より聞いております。先日、大叔父が夢枕に立ちまして、賀名生に行けと命じられたような気がしましまして、ここに参ったのですが、碧音様とお会いできるとは。こちらが、大叔父がいつも話しておりました亀屋様でございますね」

そして二人は、何ヵ所かの吉野方に縁のあった人たちの墓などを回った後、かつて御所があった建物の前に来た。その建物の前には、しだれ桜の木が一本植えられており、満開の花を咲かせていた。

「ここが御所だったのでございますね」

碧音の言葉に、空心が答える。

「京の御所桜、吉野の千本桜とは比ぶべくもございませんが、精一杯に咲き誇っておりますな」

「何処でどのように咲いていようとも、桜は桜、その美しさに違いはございません」

空心は言う。

「この満開の桜も程なく散り行くが如く、人の命とは虚しいものでございますね」

「私は、人の命は永遠と思います。この時代を生きた人たちの命は、この書の中で生き続けておりますし」

碧音は、出来上がった碧鏡を空心に見せた。

「そして、野田正孝様は、私の中で永遠に生き続けておられます」

そこに一羽の白い鳩が飛来してきて、亀屋の背中に乗る。碧音は、かつて野田正孝が飼っていた白鳩の正鳩のことを思い出した。

「亀さんや鳩さんの世界に戦乱という言葉はないのですね」

「その通りです。それこそが仏様の世界なのでございましょう」

空心は、静かに合掌している。

世はまだ乱れ続けるのであるが、この賀名生の村では、その後から現代に至るまで、何事もなかったかのように平穏な日が続くのであった。その後、間もなく二条碧音は、碧鏡を残して長かった生涯を閉じた。亀屋は足利義満将軍に引き取られ、百年以上生きた「奇瑞の亀」として、金閣寺で以後も長く可愛がられ、いつまで生き続けたかは定かでないという。

（おわり）

おわりに

南北朝異聞　碧鏡～野田氏三代記～、如何でしたでしょうか?

大序では、足利義満が亀屋と一緒に、世阿弥たちに碧鏡を読み聞かせているという設定になっていますが、大詰までの物語を耳にして、彼らがどのような感想を抱いたのか、あるいは世阿弥が碧鏡をどのように夢幻能の作品に仕上げたのか、そして後の世の文楽や歌舞伎の筋書きにどのような影響を与えたのか等々、いろいろと想像していただくと面白いかとも思います。

また、これを機に、全国の読者の皆様には、吉野方ゆかりの賀名生・吉野・観心寺などを、足利方ゆかりの京都御所・金閣寺・鎌倉などを、菊池家ゆかりの菊池城・太宰府・筑後川などを、そして主人公たちが若き日を過ごした堺を訪ねていただければと存じます。

『異聞』という名の通り、あまり歴史小説としては描かれていない部分を中心に構成しておりますから、多少の違和感をお持ちになったかもしれませんが、主人公たちが伝えたいテーマについては、ご理解いただけたのではないかと思っております。

七百年近い歳月が流れているにも関わらず、今でも南北両朝を対立的に捉えて考える向きも多く、その感情も理解できない訳ではありませんが、私はそろそろ、そういった感情を統合する時代に入ったのではないかと感じています。

前々作『カイザリンSAKURA~最後の女性天皇を巡るファンタジー~』では、たったの二百五十年ほど前に後桜町天皇という素晴らしい女性天皇がおられたことを、前作『日本人最後のファンタジスタ~非暴力・非服従の人・笹川良一物語~』では、世間の誤解や思い込み、決め付けから正しい評価を受けていない笹川良一という人物が昭和の時代を彩っていたことを紹介しました。

いずれも、いわば『隠されてきた歴史』なのではないでしょうか。

本作の主人公たちも、多くは歴史的に無名の人たちなのですが、彼らの存在があってこそ、次の世が作られ、そして現在に繋がっているのです。

我が国の歴史には、まだまだ知られていない人物や事象、あるいは恣意的に隠されている事実があるのではないかと思っています。

ましてや、世界の歴史となれば、その何十倍何百倍もの知られていない部分が存在しているのでしょう。

これからの時代は、そういった従来は知らされることがなかった情報が、各所で溢れ出してくるものと思われます。

そうなると、私たちも従来の感覚、誤解や思い込み、決め付けなどを全て捨てて、あらゆる情報を素直に受け入れながら、自らの頭で考えて取捨選択して行かなければならなくなるでしょう。

それが、今よりさらに新しい時代を築き上げて行く力になるものと、私は信じています。

本作品を含む私の作品が、その役割の僅かな部分でも果たせるものになることを願い、あとがきとさせていただきます。

著者：河合保弘
作家／司法書士
東京都江東区在住
中小企業総務部、医療法人理事などの経歴を経て、平成五年司法書士登録。
開業以来一貫して予防法務とリスクマネジメントを専門とし続け、時代の要請に応じて遺言、種類株式、事業承継、企業再生などを主業務としてきたが、信託法改正以降は信託制度に着目、親愛信託の組成支援、関連する講演と出版に特に注力しており、出版は小説七作品を含み二十五冊以上、講演実績は通算一千回を超える。平成三十年に一度「隠居」したが、社会情勢の変化と「昭和百年」が到来することを鑑み、令和五年十月より本格的に活動再開。

小説作品
・「日本人最後のファンタジスタ～非暴力・非服従の人・笹川良一物語～」（つむぎ書房・令和六年）
・「歴史体験ファンタジー・田和家の一族」（電子書籍・令和五年）
・「カイザリンSAKURA～最後の女性天皇を巡るファンタジー～」（つむぎ書房・令和五年）
・「鴛鴦“OSHI-DORI”」（つむぎ書房・令和三年）
・「しらしんけん／何日君再来」（電子書籍・令和二年）
・「リネージュ」（電子書籍・令和二年）

・「ストロベリーランナー」（ＴＥＭ出版・令和二年）
・「Beautiful Dreamers」（電子書籍・令和二年）
・「エスコートランナーⅡ」（梓書院・平成二十三年）
・「エスコートランナーⅠ」（梓書院・平成二十二年）

専門書作品

・「信託ならもめごとゼロ！新しい相続のススメ」（学研プラス・平成二十八年）
・「知識ゼロからの老後のお金の管理入門」（幻冬舎・平成二十八年）
・「家族信託活用マニュアル」（日本法令・平成二十七年）
・「知識ゼロからの会社の継ぎ方事業承継入門」（幻冬舎・平成二十七年）
・「種類株式＆民事信託を活用した戦略的事業承継の実践と手法」（日本法令・平成二十七年）
・「民事信託超入門」（日本加除出版・平成二十六年）
・「ザ・企業再編／地域エクイティへの道」（梓書院・平成二十一年）
・「種類株式プラスα徹底活用法」（ダイヤモンド社・平成十九年）
・「ＷＩＬＬプロジェクト・間違いだらけの遺言を超える」（出版文化社・平成十九年）
・「だれも言わなかった新会社法５つの罠と活用法」（出版文化社・平成十八年）
・「会社の継ぎかたつぶしかた」（日経ＢＰ社・平成十六年）

その他、共著などを含めて二十冊以上

南北朝異聞　碧鏡　～野田氏三代記～

2024年7月2日　　第1刷発行

著　者――― 河合保弘
発　行――― つむぎ書房
〒103-0023　東京都中央区日本橋本町2-3-15
https://tsumugi-shobo.com/
電話／03-6281-9874
発　売――― 星雲社（共同出版社・流通責任出版社）
〒112-0005　東京都文京区水道1-3-30
電話／03-3868-3275

ISBN 978-4-434-34095-6